La felicidad de los perros del terremoto

La felicidad de los perros del terremoto

GABRIEL RODRÍGUEZ LICEAGA

LITERATURA RANDOM HOUSE

La felicidad de los perros del terremoto

Primera edición: enero, 2020

D. R. © 2020, Gabriel Rodríguez Liceaga

D. R. © 2020, derechos de edición mundiales en lengua castellana:
Penguin Random House Grupo Editorial, S. A. de C. V.
Blvd. Miguel de Cervantes Saavedra núm. 301, 1er piso,
colonia Granada, alcaldía Miguel Hidalgo, C. P. 11520,
Ciudad de México

www.megustaleer.mx

ISBN: 978-607-318-741-1

Impreso en México – *Printed in Mexico*

El papel utilizado para la impresión de este libro ha sido fabricado a partir de madera
procedente de bosques y plantaciones gestionadas con los más altos estándares ambientales,
garantizando una explotación de los recursos sostenible con el medio ambiente y beneficiosa para las personas.

Penguin
Random House
Grupo Editorial

Para Andrea y Alejandra

Sólo a través de un hijo queda el ser humano irremediablemente imbricado en el mundo, en la despiadada cadena de las causas y los efectos. No damos solamente la vida, sino también la muerte, la mentira, el dolor, la culpa. ¡Sobre todo la culpa!

FRANZ WERFEL

Hemos nacido muertos, y hace mucho que nacemos de padres que no viven, y eso nos agrada cada vez más. Le hemos tomado el gusto.

DOSTOIEVSKI

Tienen hasta el 25 de junio para pedir perdón, de lo contrario su mundo será de lágrimas rojas.

ANONYMOUS

Los mercadólogos a su cargo le llaman a Sergio Romo, Sergio "Promo", por su incapacidad de vender un champú sin que esto implique obsequiar boletos gratis para ver a la Selección Mexicana contra Trinidad y Tobago. Hombre educado en otro clima comercial llegó el siglo pasado a la poderosa gerencia continental del refresco de soda Pepsi obsequiando camionetotas a cambio de un proceso casi arcaico: llamar por teléfono, registrar el código que venía en las taparroscas marcadas y así participar en un sorteo. "Mientras más refrescos compres más posibilidades tienes de ganar", gritaban los anuncios de televisión. El sistema se adaptó al vertiginoso mundo digital de inicios de siglo XXI: "Escanea el código en las tapas participantes, regístralo en nuestra app y gana", rezan los tuits.

¿Pero gana qué?

A los consumidores meta de hoy en día no les interesan las estampillas coleccionables o los viajes para dos personas con todos los gastos pagados a Disneylandia. De hecho ya ni siquiera se les llama consumidores meta. A partir de que el bebedizo Red Bull arrojó a un hombre desde la estratósfera con su logo en la espalda, nada volvió a ser lo mismo en la forma de vender un producto. La moda entre dentífricos, aguas embotelladas y gomas de mascar es salvar al mundo, apoyar a una comunidad indígena en su lucha contra el cáncer de mama o generar conciencia al respecto de la isla de basura que flota en los océanos. En la opinión de Sergio Romo, ¡puras mamadas al meón!

—Mamadas al meón —grita sin que venga mucho al caso. Todos los presentes en la sala de juntas se vuelven chiquititos ante su perfumada furia de CEO.

Verifica que no se haya desacomodado su corbata color green screen y acaricia el borde de su taza de la suerte, rotulada con el diseño retro de la refresquera. En esos dos sencillos actos queda definido por completo el hombre: lleva años rasguñándole al joven siglo un poco más de vigencia empresarial. ¿Será acaso que ya estás viejo, Sergio? ¿Éste es el final de tu carrera?, se pregunta por las mañanas frente al espejo esperando a que la crema antiarrugas seque por completo. Mira los caóticos códigos QR en las vallas publicitarias y siente melancolía por los formales y estéticos códigos de barras de su era. Sí está viejo y sí llega su carrera a un irremediable final. Ahora mismo, frente a la plana de ineptos que lidera, siente que las orejas le cuelgan por culpa de los piercings. Y sus gafas con patas rojas y detalles ajedrezados lo hacen lucir idiota. Todo con tal de mantenerse reinante entre aquel grupo de escuincles con crudas de cocaína. No hay en todo su equipo una sola persona que no viva en una perpetua tornaboda. Es como si se bañaran diario en confeti, medita desde las alturas del organigrama y a la cabeza de una junta de revisión creativa que ya duró más de lo que debería.

—¿Cómo dijo, señor? —pregunta alguien.

—Mamadas al meón —reitera, pero ahora controlado y respirando quedito.

Observa el miedo en los ojos de sus expertos en redes sociales y community managers. A su parecer: niños pedorros que presumen de ser expertos en algo que no existía hace cuatro años y que probablemente no existirá en dos. Expertos en estornudos, casi casi. Justifican su sueldo diciendo que son la voz de la marca. ¡Botargas sofisticadas, es lo que son! La silla reclinable de Sergio Romo es la única que rechina.

Sergio Romo observa inquisitoriamente a las cabecillas de su agencia de publicidad: dos argentinos que tomaron el curso propedéutico de creatividad que dan en el vuelo Buenos Aires-Ciudad de México, y ahora ganan lo suficiente como para que sus tenis jamás luzcan desgastados. A menos, claro, que la moda sea que tus tenis luzcan desgastados. Presumiendo sendos peinados de futbolista con un mundial de retraso, esperan a que la ejecutiva de cuentas termine de leer su presentación estratégica de sesenta slides en Power Point. Ella habla y habla. Sergio nota que está enlutada. Manipula los ruidos que genera su asiento dejando ir y venir sus 75 kilos de hombrecillo saludable que corre una maratón al mes y no bebe ni por accidente el producto cuyas ventas debe triplicar este año. Ése es uno de los logros de los que Sergio Romo se enorgullece con la malicia de un satán. Bajo su mandato, marcas como Pepsi han conseguido cambiar la historia: que los pobres sean obesos y los ricos, flacos.

Al lado de los dos sudamericanos está Luis Pastrana, el redactor del equipo. Es decir: el que hace todo el trabajo duro. Sin embargo, su participación en estas juntas es irrelevante, lo llevan para hacer bulto. Él aprovecha que nadie lo observa para sacarse un moco.

Ante la reiterada majadería, la ejecutiva de cuentas toma asiento. El vicepresidente creativo toma la palabra. Habla en un tono entre chilango y bonaerense, que es como un tango lleno de albures involuntarios:

—Acá en corto y brincándonos la paja de planning, la promoción será: escaneá el código QR en las tapas participantes, registralo en nuestra app y ganá un concierto de Biuti Full para tu ciudad. Así, tal cual, un concierto de nuestro spokeperson en… equis sitio.

Jamás se imaginó Sergio Romo que acabaría extrañando un código de barras. Han sido días pesadillezcos. Desde que cerró un contrato millonario con el reguetonero ese, no ha habido sino problemas y más problemas.

—Es decir, papi, la gente será quien elija a dónde mandamos al pibe a dar un recital, ¿viste? Comprás una Pepsi, registrás una clave y votás por, no sé, la loma del orto —y como al creativo nadie le dijo que la redundancia cierra las puertas del paraíso, concluye, inspirado—, el sitio en el mundo que más likes tenga se gana un concierto de Biuti Full patrocinado por Pepsi. Vos, Sergio, fuiste el pionero de este tipo de promos. Es retro, che.

Sergio Romo sonríe. La iniciativa poco tiene que ver con apoyar a una comunidad indígena en su lucha contra el cáncer de mama pero Sergio Romo sonríe. Se pone de pie y observa el paisaje santafesino como si pasara lista de asistencia a todos los edificios y centros comerciales que se alcanzan a ver. La silla sigue rechinando aun sin él encima.

No suena descabellada aquella idea: mandar al reguetonero adonde la gente decida.

Por la ventana se mueven los cables que sostienen a un empleado que lava los vidrios de ese edificio inteligente de 24 pisos. Sergio se le queda viendo. Aquel empleado, dándole la espalda al abismo encima de una plataforma tembleque, amenaza con arrojar un chist de jabón. Tiene el cuerpo embarrado de la mugre acumulada en tan inhumanas alturas. Como si se tratara de un limpiaparabrisas de crucero, Sergio le señala con una rotunda indicación que "hoy no, gracias". Hoy no quiere que laven su edificio, pero gracias. Megalómano de pacotilla.

—¿Y si la gente vota por, no sé, Celaya o algún lugar naco? —pregunta uno de los asistentes de Romo. Él es de Puebla.

—O algo peor: Apodaca —dice otro, un regio.

—O Ciudad Neza —comenta otro, en este caso es un gringo.

—Nada de eso. Por pura lógica ganará un sitio con muchos habitantes. De Miami a Guadalajara para arriba. Una cosa bárbara. Documentamos toda la competencia, el viaje, entrevistas, premios, beneficios sociales para la ciudad ganadora… ¿viste?

El representante del cantante de reguetón conocido como Biuti Full suda la gota gorda. Ha estado bajo demasiada presión. Hasta ese momento, durante toda la junta, no ha intervenido para nada. Está aún muy fresco el incidente en Las Vegas: Biuti Full bebiendo cubas con Diet Coke. El último sencillo es una descripción medianamente rimada de una orgía interracial, canción que ha provocado polémica y la rampante furia de las abuelitas. Además, la esposa del representante quiere remodelar la casa de nuevo, quiere embarazarse de nuevo, quiere ir a Egipto de nuevo. ¡Carajo! Nuestro amigo sabe que Pepsi lo tiene agarrado de los huevos. Dentro de unos minutos todos en la sala de juntas voltearán a verlo para que él dé el visto bueno.

¿Que la gente compita por un concierto, votando?

No suena tan mal.

Debe lucir relajado: después de todo es el representante en la tierra de su Deliciosa Magnificencia Soberana El Rey Biuti Full Capuleto Balboa Junior. Alarga la mano con rumbo a una de las galletas de coco al centro de la mesa. Es hasta varias mordidas después que le cae el veinte de que él nació, precisamente, en Apodaca, barrio marginal en su Sultana añorada. Que cada quien sea Proust a su manera. El representante recuerda su juventud. Evoca a los compas de la cuadra y a sí mismo matando lechuzas ante la aprobación de los adultos y la prensa local. Todavía a la fecha en esa zona del país se cree que los búhos realmente son brujas. A cada rato salen en las noticias las aves asesinadas a pedradas. Sonríe.

Biuti Full no se acuerda por qué se hizo ese tatuaje del Gato Félix. Lo observa con fastidio en el nacimiento de su brazo. Está insoportablemente frito, crudo de cosas imprecisas mezcladas a lo pendejo y demasiado temprano durante varios días seguidos. No siente las manos. No siente el bolígrafo en las manos. No siente que al apoyarlo en una superficie, aquel garabato resultante tenga nada que ver con él. Escucha ecos superpuestos de cosas que le dijeron diferentes personas a lo largo de toda la semana. El mar está ahí, a tiro de piedra. Alguna vez le prometió a una mujer que lo transformaría en pozole si ella se lo pedía. No pudo, por más que lo intentó. ¡El soberano no pudo transformar los océanos en un gigantesco caldo!

Al lado del Gato Félix hay unas alas de ángel mezcladas con alas de demonio que representan a sus difuntos abuelos. Sus nombres podían leerse en forma de aureola antes de que la tinta se encharcara y tuvieran que fusionarlos con la detalladísima tela de araña y el camposanto inconcluso que abarcan todo el musculoso antebrazo y se funden para transformarse en la cinta de un cassette musical. En el hombro sonríe torpemente una calaca más bien cabezona, como si tuviera síndrome de Down. Más abajo, en la cara oculta del brazo, empieza el listado. Siendo muy joven se mandó a tatuar nombres de mujeres en toda la extremidad. Dichos nombres se presentan en desorden, en una sola columna y diseñados con diferentes tipografías disque manuscritas y con patines quizá demasiado libres y abigarrados. Parecen una familia de colas de papalote. Uno de los nombres tiene una tierna falta de ortografía. El resto son chicas que sacó de una Sección Amarilla al azar, mezclándolos indistintamente. Son los nombres hipotéticos de las fans que anhelaba poseer en la juventud. Después vienen los hinchados ríos bicolores en los paisajes de sus muñecas, enmarcados por relojes obesos y esclavas ostentosas con las iniciales B. F. de su distintivo oficial. Deja caer el bolígrafo y mira, en la palma de su mano temblorosa, la que supuestamente es la línea de la vida. En ese pliegue de la piel se estipuló que carecería de descendencia y pudo prever desde niño esa casa en la playa, el blinblineo en sus dientes y sus cinco carrazos pimpeados. Lo predijo su abuela bruja. Por traer tantos anillos, los dedos del reguetonero se le asemejan a deliciosas salchichitas cocteleras, sonrosadas y pacientemente fritas. Más bien tiene hambre, pero no recuerda si ya comió. Uniendo sus puños, en los nudillos de ambas manos, se leen las letras que forman el mote con que se dio a conocer en las calles hace ya más tiempo del que las brutales crudas le permiten evocar.

Antes. "Cuando tenía piojos", como dice él.

En otras palabras: antes del primer éxito y la ola de perreos que éste generó, antes de los discos de oro, antes de las muchedumbres que se saben sus canciones y antes del contrato con la mierda negra Pepsi. Todo era más sencillo antes: "Cuando todo se trataba sencillamente de hacer sandungueo para que la raza bailara restregándose el cuerpo sabroso, perreando tan abajo que el diablo acaba besándole el traste a uno".

Frente a Biuti Full está su representante, completamente empapado con el sudor de dos viajes en avión; ojeroso, panzón y mal rasurado. Tiene un sombrero vaquero que no es de su talla y por lo mismo le interesa al viento; también tiene los músculos del cuello repletos de abultadas conexiones y una sonrisa de niño que aprendió majaderías nuevas. El representante toma el bolígrafo del suelo, le sacude la arena y lo coloca de nuevo entre los dedos de su mal portado cliente. Le palmea la espalda.

—Carmen Mauleón —le dice.

Y, encima de una fotografía suya, el músico a regañadientes escribe: "Para Carmen Mauleón".

—Mauleón con acento en la "o".

Biuti Full repara en la fotografía. Es en blanco y negro, de cuando todavía traía tres kilos de rastas en la cabeza. Toma el retrato y se lo acerca a la cara apretando ambos párpados. Reconoce una versión de sí mismo menos corpulenta e incluso flacucha pero con una sonrisa que no le cabe en el rostro. Recuerda aquella sesión entre los algodones cinematográficos del recuerdo. Lo obligaron a usar tirantes sin playera, él estaba intoxicadísimo y enamorado: acababa de coger.

—Carmen con "c" de casa.

Biuti Full alza la mirada. Mira a su actual mujer trofeo emerger del mar. Nada sensual ni parecido a lo que pasa en sus videoclips musicales. Más bien es como si el mar la escupiera. En este momento ella es sólo un punto a la distancia. Un costoso punto prieto y fuera de foco rodeado de un mar fuera de foco y de un cielo fuera de foco. El bolígrafo luce indefenso en medio de su puño lleno de llagas por las pesas y por tomar el micrófono con la furia de mil barrios en llamas.

—Concéntrate, amigo. Va otro. Cristóbal Bilbao. Ese lleva acento en la primera "o".

Biuti Full escribe las letras que forman tal nombre con dolorosa parsimonia, el resultado parece la caca que le cuelga a un pez nadando en su pecera. Arriba de su rúbrica dibuja una pequeña corona. Siempre ha querido acompañarla de un número flotando, como hacen los futbolistas. En alguna fase de su vida incluso intentó una pequeña nota musical.

—El que sigue está complicado, te lo deletreo. Manuel Massonneau. A ése ponle algún mensaje, no sólo el nombre. Con cariño… con afecto…

—¿Con cariño y afecto, maleante?

—Sólo uno de los dos, no seas joto. O lo que se te ocurra. No es literal. Ponle, ándale.

Biuti Full ya no se acuerda por qué permite que lo traten como si fuera un imbécil o un niño de ocho años. La mujer se va acercando. Ha dejado de ser un punto indeterminado, ahora es una silueta imponente pero también vaga. Él garrapatea. Sin mensaje especial y con las letras todas encimadas, incluso ilegibles. Confuso, el garabato juzga a su creador. Las dos eses del apellido quedan casualmente encima de donde actualmente hay un inexplicable tatuaje del Gato Félix. ¿Por qué chingados se puso a ese personaje? No recuerda atesorar tal caricatura ni mucho menos. Él era más de Don Gato y su pandilla. La cruda transforma su cerebro en una jerga. Un dolor inexplicable le revolotea por todo el cráneo. Flap, flap, flap, una ola, otra ola, otra ola.

—Ahí te va el del mero cabrón. Escríbelo chingón, que se lea bien. Sergio Romo.

¿En qué momento escribir un nombre se volvió una labor tan complicada? La mujer está enfrente de Biuti Full. Su cuerpo empapado con rescoldos del océano Atlántico salpica las fotos a la par que ella le truena los dedos. Él se levanta a medias y le entrega la toalla sobre la que estaba sentado. Desde hace varias semanas al reguetonero le dan unos súbitos ataques de ansiedad que sólo se aminoran mordiendo fuerte cosas suaves. Por ejemplo, los cuellos de sus camisas. Por eso los lleva todos deshilachados y chiclosos, con el olor de la saliva acumulada. En su cabeza, se vuelve imposible tener que realizar tareas sencillas como marcar un teléfono o decirle al chofer a dónde quiere que lo lleve o cortar un bistec en pedacitos. Piensa que en algún momento tendrá que llamar a alguien por teléfono o transportarse o comer. Y sólo de pensarlas, aquellas actividades se le presentan como imposibles, propias de astronautas o científicos. Desearía jamás tener que escribir una vez más su nombre. Pero su representante lo tiene agarrado de los huevos. Su terapeuta por Skype es un cínico paparazzi. Su actual mujer trofeo es una ingrata hija de puta. El mar es de llanto, no un delicioso pozole rojo. Se le antoja una cuba con Coca-Cola de dieta.

—Ser gio ro mo —dice el representante, escandiendo y afianzándose el sombrero con una mano.

—Mi amor, ¿me puedes ayudar a escribir un nombre? ¿Puedes firmar por mí? —suplica Biuti Full—. ¿Te sale mi letra?

Ella envuelve su cabeza con la toalla, prescindiendo del mundo por unos instantes. Debajo de la tela empapada se escucha una voz suavecita.

—Eres un pinche cliché, negro. Haz tus cosas y no molestes.

Él escribe aquel nombre con cautela, una letra a la vez. A las "o" les pone unos como pezones. El representante comienza a carcajearse. Fuerte. Muy fuerte. Más fuerte.

—No seas cabrón. Escucha esta maravilla. En la agencia de publicidad de Pepsi hay un vatillo que se llama Cafiaspirino. Dedícale un autógrafo a Cafiaspirino Montoya. Ay, pinche gente puñetas.

Y el representante no cesa de reír mientras se pone de pie con rumbo a la cantina. Las olas también se ríen, una tras otra: el infinito borroso, ¡botado de la risa! No le causa gracia el nombre Cafiaspirino. No ve Biuti Full donde se unen mar y cielo. No observa los archipiélagos de gotas en la piel de su actual mujer trofeo, mudan en delicioso y lento éxodo desde el *tramp stamp* hasta la pantorrilla. La arena es un burdo tapete café y no innumerables granitos tan ínfimos como prodigiosos. Si bien Biuti Full ha sospechado desde siempre que necesita lentes, se niega a hacerse el examen de la vista. Un músico de su talla con miopía y astigmatismo, ¿un reguetonero con pupilentes? Primero muerto. Para él la realidad es una fiesta de manchones difusos, pelusas de colores sin textura ni detalle. Los rostros de sus seguidores en los conciertos son una masa color carne a la que los estrobos tonifican u ocultan. Una pesadilla. Fieras de color inquieto que lo someten aun dormido o ebrio o drogado. Además no sabe si Cafiaspirino va con "c" o con "k" y no logra recordar por qué chingados se hizo un tatuaje de Félix el gato, pudiendo ser Benito Bodoque.

Alma Delia salió a dar un rol en su bici. Necesita pensar, tomar decisiones, abstraerse por un rato. Le urge desairar sus problemas sudando. Es verdad eso que leyó por ahí: la verdadera velocidad de la vida es arriba de una bicicleta. Cuando la mira pasar, el hombre del valet parking le grita:

—Ay, pinche güera sabrosa.

Ella pedalea con celeridad, ignorándolo. Su progreso tiene gusto a huida. Viene pensando en su hermana menor, Mónica. Su cruz. El problema con Mónica es que modifica la realidad para justificar sus pesadillas. A pesar de que sus historias son exageradas y casi irreales por sí mismas, le encanta ensalzarlas de más, glorificarlas o de plano aminorarlas o cambiarlas enteramente. Además, como está en la edad de las efervescencias, ha construido a su alrededor una saga propia de cogedera tan esporádica como incongruente. Si el tipito en turno no consiguió la erección, Mónica comenta que su tanga brillaba en la oscuridad. Si él era muy feo, Mónica encumbra su capacidad de ingerir turbochelas. Si él se llamaba Carlos, ella comenta que su nombre era Maxwell. Si él se quitó el condón a la mitad del acto para sentir más rico, Mónica narra que el hombre era un caballero y al día siguiente hasta fueron a desayunar y él pagó órdenes extra de guacamole. Ni siquiera son mentiras. ¿Qué son? Burdos desfases de la realidad. Disparates degenerados que Alma Delia solapa quién sabe por qué. Más que mitómana, Mónica es su propio camino del héroe, coro griego y dios metiche. Esta dinámica no aplica sólo en las historias sexuales sino también en el pasado lejano, en los proyectos a futuro y en el yermo presente. ¡Miente! Miente sobre cosas en las que no es productivo mentir. El colmo es que le da poco, o nulo, seguimiento a sus mentiras.

El lunes consiguió empleo como extra en un concierto en Alaska. Aún no es seguro, pero le avisan dentro de una semana. Dicen que si te embarazas estando allá, el gobierno te mantiene.

El martes la entrevistaron de un noticiero al respecto del nuevo reglamento de tránsito y saliendo se fue a su clase de cocina turca. Luego presenció un asalto al banco. Luego se tomó una foto en la que al fondo aparece el fantasma de un fraile. Ah, pero si le pides que te la muestre dice que, asustada, la borró.

El miércoles, ella aseguraba que era jueves.

El fin me voy a Acapulco, dijo Mónica el viernes. Y Alma Delia la escuchó recluída en su cuarto todo el sábado viendo series gringas. Risas grabadas sonando a todo volumen. Apenas la mañana del domingo coincidieron en la cocina, la hermana embustera finiquitó el trámite: "No te pude traer lo que me pediste, pinche Playa del Carmen, todo está en dólares".

—¿A dónde con tanta prisa, güerita? —le grita uno de los que atienden el puesto de renta de sonideros. Alma atraviesa la cortina de hielo seco sin decir "agua va".

Alma Delia, pues, sabe de antemano que su hermana es una mentirosa, jamás pone en tela de juicio las ficciones de la otra, las da por verdaderas y a veces incluso las fomenta y recalca. Sabe que no la aceptaron en la UNAM y que ella misma se imprimió una tira de materias con asignaturas y horarios inventados. Incluso se tomó la molestia de asegurarse asueto en todos los viernes del semestre. ¡Qué Alaska ni qué mangos!, sabe que las sofisticadas chambas que consigue consisten en doblar la ropa en un Zara o desear al espectador que disfrute su función a la entrada del cine. Sabe que sus amigos son o imaginarios o enemigos. Además usa uñas postizas.

—No te vayas, güera, ven —vocifera un repartidor de periódicos sin dientes.

Anoche Alma se enteró de que la mentira es incluso más grande, más retorcida y dolorosa. Mamá, cada vez más chiflada, llamó ebria. Palabras más o palabras menos, le dijo llorando que Mónica es adoptada. Hasta pareció un compejo chiste. Luego eso explicó muchas cosas de golpe. La fastidiosa verdad deformando la realidad aún más, encrudeciéndola como una fotografía con *flash* en medio de la noche. Alma Delia le dijo a su madre que mejor mañana hablaban y durmió sin inconvenientes pero a la mañana siguiente estalló en llanto invisible, el peor de todos. ¿Adoptada? La misma palabra se le presenta lejana, difícil de comprender. Le parece una palabra, de hecho, adoptada. Algo que jamás antes estuvo ahí.

Su hermana ya se había ido a la facultad pero le dejó preparados en el sartén unos huevos con jamón que más bien sabían y parecían la mitad de un emparedado de atún.

—Ay, güera, tu calzón —le grita uno de los albañiles del edificio en construcción. Seguido de un concierto de silbidos.

La porquería que sale de los escapes de los coches se mete en los ojos de Alma Delia. La ciudad, ondulada por los gases y emanaciones de los motores, se transforma en un enorme comal de carnitas. Todo lo que va del año en la Ciudad de México hay contingencias ambientales un día sí y un día no. Alma Delia dice que ya estamos como Sísifo, con la diferencia de que aquel cada vez que alcanza la cima con su piedrota, disfruta del aire fresco de la montaña.

—Ábrete, güerota —le alcanza a decir un repartidor de pizzas que la rebasa en su moto.

Alma siente que pedalea con las manos, que tiene ojos en la nuca, que su cabello es rubio. ¿Y ahora? ¿Le dirá a su hermana que no es su hermana? El sol luce desdibujado, falso también. Los nombres de las cosas están errados, también los reflejos en los charcos y espejos se han estropeado, las sombras no corresponden, hasta pareciera que por la noche modificaron la dirección en que transitan los autos por las calles. Va sin rumbo. Tampoco avanza en círculos. Tose y siente que sus muslos acabarán rozados. Compró esa bicicleta muy barata. Pero es de varón y el asiento la hace sentir muy incómoda. Todo es un desacierto. Pasa encima de un tramo de ladrillos y suena, a su espalda, un sonido futurista.

—¡Ay, güerita!, ¿todo eso tan sabroso? —le grita un estudiante de prepa.

Alma Delia se frena. Su perfume tarda en alcanzarla un par de segundos, su escandalosa cabellera castaña viene hecha un lío. Sin bajar del vehículo, con los dientes y los puños apretados le grita desesperada al escuincle:

—¡Te voy a enseñar el coño para que dejes de decirme güera, pendejo!

Y el chavo, riendo, la filma con la cámara de su teléfono todo el tiempo que dura el semáforo en rojo. Ciudad de México, 2019.

MAIL ENVIADO POR EMILIANO ZAPATA
A ALMA DELIA

Te escribe Emiliano Zapata. En efecto, me llamo igual que el sanguinario líder revolucionario pero eso no es algo en lo que tengamos que detenernos mucho. Noto en tus redes sociales que tienes el hábito de la lectura así es que no debe parecerte desconocida mi siguiente referencia: Mefistófeles entra en casa del doctor Fausto en forma de perro.

De igual manera un día el gato Becario apareció en el portón de casa de mis padres usando una corbata de moño y mi madre, que no leyó *El maestro y Margarita*, le agarró cariño y lo atrajo con varios *pssst pssst*, un plato de agua y unas setas. ¿Me sigues? ¿Bulgákov? En fin. Mamá le puso ese nombre en consideración a su anterior gato, el minino atigrado, Licenciado. Yo subía a Becario a la azotea y lo amarraba con trapos. Debajo del tanque de gas lo dejaba para ver cómo se contorsionaba pelando los ojos, endiablándose con las fauces abiertísimas, soltando zarpazos sin destino claro. A veces abría la llave del gas sólo para ver su cara de felino contaminarse de bestial y primigenia repulsión. Ahí lo dejaba abandonado. Al poco rato ya estaba libre otra vez, exigiendo atención por encima del libro en turno. Crecí haciéndole nudos más y más sofisticados. Hasta que de plano un día lo até con las agujetas de uno de los disfraces de sensual caricatura japonesa de mi hermana. Fuerte lo amarré, con una rabia que no me conocía. Entré a un estado silvestre que, más que sobajarme, me separó por completo de todos los seres del mundo. Esa vez, el animal no escapó. Durante trece días subí, después de mi merienda, para verlo enflacar, perder el color, mirarme con ojos sin rencor, sin brillo, sin nada. No hay nada en los ojos de los animales. Ni ideas ni memoria ni venganza. Los animales no piensan ni tienen un idioma ni mucho menos comprenden lo que es la muerte y el gozo. Le pese a quien le pese, ese último rincón de conciencia, que es morir, es exclusivamente humano. Estoy siendo redundante. Al final ni siquiera me agredía, dulce Becario. Lo evoco agradeciéndome a ronroneos la caricia que le hice en la pancita a manera de despedida.

Ellos, los animales, viven atrapados en algo que se parece a lo que nosotros llamamos unánimemente el pasado. Se hallan suspendidos en dos estados: reposo o frenesí. Y este último a su vez se divide en un par de opciones. Travesura o hambre. Y así tiene que ser siempre. Y es nuestro trabajo asegurarnos de que así sea.

El equilibrio se perdió en el momento en que modificamos genéticamente su ciclo de crecimiento. Seguro estoy de que has visto esos infomerciales nocturnos de gatos que no crecerán. Le inyectas una substancia semanal de precio moderado y el animalito permanece siendo un adorable y ojón cachorro toda su vida; que, dicho sea de paso, se verá dramáticamente reducida a la mitad. El éxito en ventas del producto me hace pensar que eso no nos quita el sueño. Ha empezado la guerra, querida Alma Delia. La declaramos por casualidad. Los he escuchado conspirar en nuestra contra, adentro de sus jaulas, debajo de los muebles, en la copa de los árboles, masticando unicel, aprendiendo trucos de circo. Un día cuando menos lo esperemos estarán escribiendo coplas o intentando melodías u organizando batallones. Una nómina de changos escribiendo *Hamlet* en un rascacielos. Elefantes que pintan acuarelas. Pollos sin pechuga. Sapos que saben a pollo. Cerdos tatuados. Osos que disecan flores por ornato. Cabras que son filmadas gritando "viva Cristo Rey" al unísono. Monas que cuidan su virginidad. Escúchame. La naturaleza comenzará su venganza. En algún lugar del mundo, lo sé, alguien ha dado a luz un nudo de víboras. Nos invadirán en nuestras camas. Me oyes: nos invadirán en nuestras camas. Basta con ver cualquier nacimiento navideño para notar que nos superan en número. Nuestro dios en pañal será su alimento. En Haití, isla de paganos, a los recién nacidos se los tragan marranos salvajes. Huelen el miedo, Alma. El corcel Janto habló de muertes por la espada. La sombra del cónsul Firmin estaba hecha de perros negros. Nosotros los del pulgar oponible, tenemos que dar el primer sablazo.

Si tu amado poodle Tapioca será, acaso, el déspota coronel de los animales, ¿por qué no lo has metido a la licuadora?

E. Z.

Hace un par de años el aspirante a humorista Horacio Miranda inexplicablemente tuiteó: "El informe del tiempo esta tarde: cuidado con la lluvia de políticos".

A la fecha no tiene tan claro por qué publicó tal cosa. A principios de siglo XXI la gente dejó de ponerle atención al matrimonio resultante de sus ideas, juicios y raciocinios. Esa misma noche, villanos no identificados, tiraron con una bazuca el helicóptero que conducía al secretario de gobernación y sus acompañantes al restorán donde comes sushi usando de plato a una supermodelo desnuda. Murieron todos los pasajeros. Los restos chamuscados de cuatro burócratas de la lucha contra el narco diluviaron encima de una calle en Polanco, tal cual el comediante y su sospechosa voz de profeta habían predicho. El presidente era un borrachín melancólico a la mitad de su administración que había ordenado vigilar, con lujo de paranoia, a cualquier ciudadano mayor de 18 años y con un modo honesto de vivir. Apenas los gobiernos tercermundistas estaban entendiendo qué coños era internet. Horacio usaba camisas hawaianas XL, estaba desempleado, soltero y administraba un blog poco visitado donde hablaba de cómics. Tenía, a lo mucho, quinientos seguidores en Twitter.

Nuestra marioneta del destino iba por su tradicional gringa al pastor del martes cuando agentes de la Policía Federal lo treparon a un Galaxy azul marino sin placas. La hermana de Horacio atestiguó el incidente y de inmediato ideó un hashtag solicitando ayuda. Lo interrogaron sin violencia durante más de doce horas. Nadie se explicó por qué tuiteó tal cosa pero tampoco hubo forma de hallarlo cómplice o culpable de crimen alguno. Cuando Horacio salió del Ministerio Público, una muchedumbre de gente exigiendo su libertad lo recibió con aplausos y vítores. Moderno Chichikov, pasó de su modesto número de partidarios a más de treinta mil almas electrónicas dispuestas a retuitear o darle like a sus ocurrencias. Horacio apareció en varios noticieros dejando claro que todo fue una azarosa equivocación, agradeciendo el trato que le dio la justicia local y, de paso, ofreciendo sus servicios de pícaro standupero. Su fama aumentó casi por inercia. Hoy en día cuenta con su propio mezcal artesanal, tres libros de consejos para adolescentes y una novia que, a su vez, se volvió famosa por ser su novia.

Horacio estaba en casa viendo el capítulo en el que Moe gana un concurso de poesía con la ayuda de Lisa, cuando leyó en su lata de tibia Pepsi: "Gana un concierto de Biuti Full en tu ciudad". Inmediatamente recordó aquella lejana ocasión del malentendido. Los guardias lo habían sometido a la involuntaria tortura de oír, una vez tras otra, el binomio de rolas "Escupo y no soy grosero" y "Si en la otra bailaste, en esta te sientas". Ambas, piezas del reguetonero que en ese momento le guiñaba el ojo desde su lata de refresco. Horacio recordó la incertidumbre inicial, el miedo a las macanas, las ganas de cagar. En su cabeza el mensaje publicitario se transformó en un "Manda a ese pinche mal músico al rincón más alejado del infierno". Repasó los legales en letras minúsculas: "promoción válida en México y EUA".

Le preguntó a Siri: ¿cuál es el lugar más lejano y solitario de Norteamérica?

Y luego puso una misiva electrónica para el goce y pitorreo de sus huestes:

"Oigan, ¿y si mandamos a Biuti Full a darle un concierto a los esquimales? Voten aquí".

Cristal Rivera se dio a conocer en internet por fotografiar y coleccionar rótulos chuscos de restoranes, taquerías y puestos de fritangas. A saber: dibujos de cerdos con corbata cocinándose a sí mismos adentro de un cazo en un local de carnitas. Camarones dormidos y llevados por la corriente en un sitio de mariscos. Pollos asoleándose alegrones con la varilla del rosticero adentro del culo. Desproporcionados poodles que recomiendan en un globo de diálogo tipo cómic que mejor no pidas tacos de suadero. En fin. Picardía mexicana plasmada en los muros de una nación donde hay un lugar para comer en cada esquina.

Después también se dedicó a recaudar dramáticos errores de ortografía, grafitis donosos, anuncios improbables, tropicalizaciones grotescas de personajes con marca registrada, comillas tan mal colocadas que desafían conocimientos básicos de filosofía y cartulinas fluorescentes con inscripciones desopilantes. Cristal añadía su belleza a la natural incompetencia de un país analfabeto e incapaz de comunicarse. Era bella como una mofletuda artesanía del sol. Pecosa y con una dicción inexistente, se le veía en los barrios marginales de todo el país, siempre recolectando fotografías, con sus pelos pintados de diferentes colores. Subía las imágenes a un sitio llamado Me-kitsch-co.

Su descubrimiento del Jesucristo Musculoso en un gimnasio abandonado en Iztacalco la catapultó a las altas esferas del internet. La aborregada y multitudinaria clase media, siempre dispuesta a burlarse de las clases bajas, compartía sus hallazgos con gusto y solaz. Luego vino la miscelánea "El aleph y algo más…" con lo que se ganó el cariño de los usuarios intelectuales de las redes sociales. La Fonda de Cultura Económica con birria los viernes. El "otsso" cerca de Xochimilco fue otro campanazo. El letrero en una cartulina fluorescente "Aquí ya no se vende droga. Dejen de molestar. Grasias" podría figurar en cualquier museo de arte contemporáneo de Europa. La chica tenía buen ojo. Se fue a hacer lo propio a provincia. Fue un banquete. Los anuncios afuera de las iglesias que le suplican a la gente que no se cague adentro del templo. El arte cholo. La monalisa pintando cremas. "Se castran cuinos a domicilio". "Se venden pulseras de las gemas del infinito". Camiones que escriben obituarios con jabón en los espejos, obituarios de gente aún viva. Cristal dio el salto natural a la televisión. En el noticiero vespertino de un canal exclusivamente capitalino le ofrecieron una cápsula diaria. Su obsesión por "todo lo urbano que crea inconscientemente la identidad del mexicano" hizo inmediata conexión con los telespectadores. La afamada entrevista que realizó a la niña de siete años que prestó su voz para el camión que compra fierro es un gran ejemplo de su labor:

—¿Tú eres la que hace la voz del camión de los tiliches?

—Sí.

—¿Y te emociona que tu voz sea escuchada y reconocida prácticamente en todos los rincones del país?

—Sí.

—¿Te ha cambiado la voz desde entonces? Tengo entendido que ya pasaron nueve años.

—Sí.

—¿Podrías hacerle?

Una posterior entrevista al hombre que hizo la voz del carrito de los tamales oaxaqueños opera en el mismo rango de periodismo. O dicho en otras palabras: Cristal se volvió famosa gracias a que la mayoría de los mexicanos no están correctamente civilizados.

Decidió compartir el mensaje de Horacio, a quien había conocido en persona y a lo lejos en un par de festivales de música surf. Los noventa mil fans de Cristal leyeron entusiasmados y rijosos:

"Oigan, ¿y si mandamos a Biuti Full a darle un concierto a los esquimales? Voten aquí".

Severo Magaña es visor de un importante equipo de futbol. Cada semestre lo mandan a recónditos lugares del planeta a la búsqueda de jugadores promesa, preferentemente menores de edad y de origen humilde. Mañana viaja a África. En específico a Nigeria. Por lo menos tiene que descubrir dos delanteros estando allá. O un portero sobresaliente. O tres defensas. Si algo maneja Severo con maestría son las matemáticas humanas traducidas en posiciones en la cancha. Le dieron un par de semanas. "De peores continentes ha salido con material de banca", pensó.

La noche anterior a su vuelo había juego. Severo tuvo que asistir. Un partido inconsecuente de una copa inconsecuente y laxamente regional. Su equipo, la Escuadra Blanca, jugaba de visitante. La violenta porra no oficial del club amenazó con asistir al estadio. Panda de sujetos peligrosos, conflictivos, moneados, con las caras maquilladas y las astas de sus banderas recién afiladas.

Antes de que iniciara el cotejo, los de la Escuadra Blanca arrojaron una luz de bengala hacia la tribuna de los contrincantes. El fuego artificial voló zumbando hasta incrustarse en el ojo de un niño. El pequeño continuó vivo mientras la bengala se introdujo en su cerebro, quemándolo. El brillo de las chispas acentuó su cara de sufrimiento y fue muy evidente que el pequeño perdió la vida antes que la luz se apagara. El padre no sabía que hacer. Simplemente se quedó viendo, desesperado. El video dio la vuelta al mundo. Indignación, empatía, bromas. De todas maneras el partido se llevó a cabo. Es fácil omitir un grito de lamento en medio del jolgorio. Los Blancos ganaron por tres goles a cero. Severo se enteró superficialmente del incidente del fuego artificial. Le dio risa. No se detuvo a dimensionarlo. Su avión partía temprano y le esperaban varias horas de vuelo por lo que se fue directo del palco a su hotel.

A la mañana siguiente se despertó naturalmente adormilado. Pidió un taxi. Eran las siete de la mañana. Llegó hora y media antes de despegar. Desayunó molletes, café americano, un jugo de naranja grumoso. Dormitó, en la medida de lo posible, en la sala de espera. Cuando anunciaron el despegue fue rápido al sanitario, aunque no le andaba. Recordó lo del petardo asesino. Sentado en el escusado escribió un inspirado tuit en su cuenta oficial de la Escuadra Blanca. El tuit decía:

"Pues ahora habrá que llamarle 'Tuertos' a ese equipo de perdedores. ¡Poderío Blanco!".

Abordó el avión a tiempo. Era un extraño vuelo, sin escalas y sobrevendido, al continente negro.

Los primeros en escandalizarse con el tuit de Severo fueron los seguidores de la propia Escuadra Blanca. A unos les resultaba muy simpático y a otros de innecesario mal gusto. El texto fue leído y comentado en los primeros noticieros deportivos del día. La postura de los periodistas era de total repudio. Intentaron marcarle al autor de tal desfachatez pero aquel traía el teléfono, pues sí, en modo avión.

Bajo el amparo de un clan de gotitas de clona, Severo volaba dormido. Soñaba que seguía en tierra.

Se corrió el rumor de que los padres del niño no tenían para pagar el ataúd ni el funeral ni un espacio pequeñito en el panteón. Si eso fuese verdad o no, era irrelevante. Dio pie al escándalo. Un líder de opinión de la vieja guardia satanizó la poca compasión no de Severo, sino de la Escuadra Blanca FC ante el asunto, que no fue capaz de cancelar el cotejo pero evidentemente supo del problema porque el sonido ambiente advirtió que no se arrojaran cosas a la cancha. A la cuenta de Severo la inundaron mensajes que iban desde el "ten más conciencia de lo que dices, inhumano" hasta el "te odio, tienes cara de culo", pasando por el ameno "te voy a matar" o cosas ligeramente más incomprensibles como "ojo por ojo… arráncate uno tú si tienes huevos". Se encontraron en el timeline de Severo un par de tuits también polémicos escritos hace algunos meses. Misivas clasistas y políticamente incorrectas. Se vino la ola de retuits negativos. Encontraron fotos de la fiesta de disfraces en que personificó a Adolfo Hitler.

Severo seguía dormidísimo. Una amenaza de turbulencia no lo incomodó en lo más mínimo. Cuando se despertó calmó una jaqueca con dos aspirinas. Era uno de esos vuelos de lujo en los que cada asiento tiene una pantalla individual y diferentes opciones de películas que ver. Eligió una comedia de pubertos gringos que perderán la virginidad en el baile de graduación. Se quedó dormido antes de que a la protagonista le quitaran los bráquets lo que descubría así su escondida belleza.

Todo es nota. Los medios comenzaron a entrometerse. Infografías acerca de Severo Magaña Pérez y su carrera como buscatalentos, entrevistas del pasado, gifs de la vez que se peleó con un aficionado y claramente se podía leer en sus labios una majadería homofóbica poco sutil. Los usuarios de twitter estaban vueltos locos, emocionados, rijosos. Los posteos e hilos atacando a Severo no cesaban. Casi todas eran ya claras demostraciones de desprecio. Se exigía una disculpa pública. En la cuenta oficial de la Escuadra Blanca anunciaron que Severo Magaña estaba despedido. Habría una rueda de prensa al punto de las cuatro de la tarde.

Severo eligió pollo. Bebió tres cervezas que le supieron quemadas. Miro a través de la ventana. "El rebaño del cielo", como les llamaba su buen padre —un poeta sin libro— a las nubes.

Algún Aristóteles de internet se enteró de que Severo estaba volando con rumbo a Nigeria. Indagó con rotunda facilidad el vuelo que en ese momento se dirigía hasta allá y adivinó que el monstruo aún no se enteraba de todo lo que había sucedido al respecto de su mofa electrónica. Estaba incomunicado y en el aire. Aquel filósofo de lo fútil inventó el hashtag: #HasSeveroLanded?

El mundo estaba pendiente de cuál sería la respuesta de Severo una vez que aterrizara. ¿Qué tuitearía? Del niño muerto francamente no se supo mucho. Ya era un santo. Era innecesario indagar más. La Edad Media y el siglo XXI estrechándose la mano. El video del accidente fue visto millones de veces. Se hicieron diferentes versiones del audiovisual. En una de ellas suplantaban electrónicamente el cohete por una sombrilla, en otra por una espada jedi. En una, el video estaba editado de manera que se mezclaba con los cortos de una película de ciencia ficción próximamente en cines. Le ponían una cumbia encima y hacían que los movimientos trémulos del chiquillo parecieran parte de un baile cotorro.

Severo le hizo insustancial plática a la mujer a su lado: una arquitecta cuarentona que iba a reencontrarse con su hermano fotógrafo de elefantes. Compartieron las ganas insatisfechas de fumar y anécdotas sobre la inconveniencia del cigarro electrónico.

El lío fue transferido a los jugadores. Al goleador de la Escuadra Blanca se le preguntó si no le parecía abyecto el tuit del hombre que había impulsado su carrera desde que era un chiquillo. Él respondió: "Espero que Severo jamás vuelva a pisar una cancha de futbol". Varios jugadores de todo el mundo subieron fotos cubriéndose un ojo con la palma de la mano en señal de protesta.

Severo, en las alturas, durmió otro tanto.

Los patrocinadores amenazaron con retirar sus apoyos. El refresco, la indumentaria y el banco. En unas cuantas horas se podrían perder cifras de dinero inimaginables. Un madrazo a la bolsa de valores. El rumor decía que hasta nuevo aviso cesaría la construcción del nuevo estadio de la Escuadra

Blanca. Un sindicato de albañiles puso el grito en el cielo. Aficionados de hueso colorado quemaban sus camisetas en las calles de la ciudad. Se hacía de noche.

El avión sobre el que viajaba Severo llegó de día a África.

—#YaAterrizóSevero? —preguntaron millones.

—Sí —respondieron otros millones. En esto se parecían a la niña del camión que compra fierro viejo.

En la vida electrónica de los hombres, como en un avión que flota entre nubes en medio de la galaxia, todo es muerte. Era como si él mismo hubiera prendido la mecha del fuego artificial asesino.

No es sencillo imaginarse el rostro de Severo, ahuyentando con meneos bruscos una flota de moscas africanas, al descubrir lo que había ocurrido en sus redes sociales mientras flotaba sobre distintos países, sobre distintas fronteras. Miles de mensajes privados. Cientos de mails. Ruidosas notificaciones exigiendo atención al unísono. Llamadas perdidas del patrón. Aterrizó odiado, desacreditado, sin empleo y lejísimos de casa. Rechoncho y agotado, puso la mejor cara de imbécil de su catálogo de posibilidades. Un rostro que se perderá para siempre en la neurótica historia humana porque probablemente cuando este relato conozca a sus lectores ya existirán los aviones con wifi durante el vuelo.

En todo caso, Severo sabía que tenía los ojos del planeta encima. Tenía que hacer algo. Tenía que hacer un pase como los que mandaba Ronaldhino en sus buenos tiempos. Ese tipo de pase al hueco que el endiablado danés Michael Laudrup, miembro del Danish Dynamite, inventó en los años ochenta. Esto es: mirar hacia un lado y colocar sagazmente el balón hacia el otro. Engañar hasta al camarógrafo. Leyó el tuit que un pésimo jugador al que acomodó en la MLS el año pasado acababa de compartir. Lo retuiteó como si hubiera sido accidental.

"Oigan, ¿y si mandamos a Biuti Full a darle un concierto a los esquimales? Voten aquí".

Y en efecto todos voltearon a mirar hacia allá.

Habremos encontrado el final de internet el día en que absolutamente todos los seres humanos del mundo estemos conectados al mismo tiempo. Esto incluye a los bebés que nacieron ese preciso segundo, a los vagabundos, a la gente dormida y a los astronautas en el espacio exterior. Cuando no haya más dedos pulgares ni ojos ni orejas disponibles, internet verá frente a sí el abismo. Como el barco vikingo al borde del mar, como la luz dentro del foco. Somos la argamasa de que está hecho el internet. Naturalmente y en contraparte, si todo mundo se desconecta al mismo tiempo, internet deja de existir.

Imaginen el reiterativo gif de un árbol que cae en medio del bosque sin que nadie esté ahí para escucharlo.

En todo caso, al tratarse de una vía pública, no deja de ser interesante imaginar la delimitación geográfica de internet. ¿Dónde empieza y dónde termina esta nueva nación ambigua y llena de chipotes, batallas, credos e himnos propios? ¿Cómo se llaman las avenidas de esta civilización impalpable? No se sabe de momento. Sin embargo, igual que con los rompecabezas y los cuerpos, conviene empezar su definición desde las orillas. No sería descabellado afirmar que al menos uno de los márgenes está repleto de videos y fotografías protagonizadas por adorables gatitos y juguetones perros. Otro borde son los videos porno de madrastras aparentes. Gente exprimiéndose inhumanos barros de grasa.

¡Carajo! Si ya de por sí es difícil establecer por qué una persona se vuelve relevante en internet, es casi imposible determinar por qué hay ciertas mascotas que cosechan una cantidad inhumana de likes cada que aparecen "usando" gafas oscuras o alzando la patita. Veintiún siglos de historia humana colindan en un desquiciante callejón sin salida y, al centro del mismo, un perro… ¡ladra!

Roncha era un seductor xolo con pocos méritos palpables. Diminuto, cenceño y con los ojos milagrosamente en sus órbitas. Aún más milagroso es que fuera tan fotogénico, el cabrón. Uno podía verlo luciendo la piel perfectamente humectada y los pelos "aquí sí y aquí no" propios de su especie. De un negro tornasol generoso, al ser tratado con filtros predeterminados de color, luz y textura, se volvió famoso nada más por estar recostado en sitios con sombra. Los quince minutos de fama de los que hablaba Warhol, ¿cuánto serán en tiempo perruno? Conoció el metro de París, a los camellos, la nieve, a Brad Pitt, al presidente, fue nombrado jugador oficial de un equipo de baloncesto profesional. La gente lo adoraba por feo, por consumido, por frágil, porque disfrazado del maestro Yoda era la cosa más tierna que podía aparecer un domingo por la tarde en los timelines de la gente.

Murió machucado por el camión del gas.

Esto sólo incrementó su popularidad.

Hubo un funeral transmitido en vivo que se siguió en cuanto rincón del país uno imagine, fotografías de la tumba patrocinada por Pedigree, famosos mandando sus condolencias, esquelas en medios masivos, un auténtico y desproporcionado desmadre en torno a la defunción del desaliñado can.

Desde el cielo de los perros seguía posteando fotografías en blanco y negro de sus excursiones. Siempre con su aureola de alambre encima de la mollera y un suéter con alitas bordadas en el espinazo. Fama y más fama. Los pies de página de sus imágenes tenían voluntarias faltas de ortografía que resultaban ciertamente adorables.

Roncha, con su patita fantasmal de colchoncitos hermosos, retuiteó el mensaje de Biuti Full y los esquimales. Sus millones de fanáticos propagaron el mensaje de acuerdo a sus posibilidades de alcance. El tuit y la propuesta en él se popularizaron como un bostezo en misa. Ya no hubo vuelta atrás, engranes enérgicos y aceitados habían puesto a funcionar una maquinaria despiadada y eficaz. Un comediante chuscamente aprehendido por el gobierno, la administradora de Me-kitsch-co, un odiado hombre de futbol y el fantasma de un afamado perro xolo. ¡Ahí está nuestra delimitación geográfica!

Era la voluntad de la Santa Inquisición del internet hacerle una mala pasada al miope Biuti Full y a la compañía refresquera Pepsi.

Vaya, cuando Coca-Cola sacó un desplegado burlándose al respecto ya era incluso innecesaria su aportación.

Luis Pastrana sueña con un sol al que sí se puede mirar de frente.

El despertador arruina la pesadilla repiqueteando, fiel a su programada naturaleza, a las siete de la mañana con once minutos. En punto. Cada siete minutos durante la siguiente media hora reincidirá con su diminuto escándalo. Ese lunes los niños regresan a las escuelas y el tráfico rumbo a la oficina será un suplicio igual o peor que enfrentarse por vez primera a la tabla del ocho. Aunque a él más bien la que se le dificultaba era la del siete. En todo caso, cada fase humana transcurre lentamente en puro sufrir por pendejadas. Ése es el primer pensamiento del día que ataca a Luis apenas abre los ojos y mira el teléfono. El brillo de la pantalla lo encandila. ¡Vaya anacronismo! Cierra los ojos y el bloque de tonta luz late inquieto detrás de sus párpados. Se acomoda la erección matutina para asegurarse de que pierda contundencia cuanto antes. La vida es una serie de erecciones desperdiciadas. Ése es el décimo pensamiento del día. A los que hubo en medio ni él mismo les prestó atención. Vuelve a dormirse. Suena el despertador una vez más. Se levanta huraño y con el hocico apestando a lo que apestaba el hocico de su padre al despertar. Verifica que su imaginación no le esté jugando una mala pasada. Se dice: no, Luis, en efecto, tienes un mensaje de voz proveniente del número telefónico de Luciana o como la tienes grabada entre tus contactos: "Jamás contestes alv".

No ha tenido noticias de Luciana desde hace cuatro años y cuatro meses. Parece cartel de feria taurina. De hecho, lo fue.

Tuvieron un noviazgo casi largo y con las suficientes crestas de ola como para que la repentina desaparición de ella fuera tan sospechosa como dolorosa. Aquel abandono le provocó un hondo desasosiego que omitió teniendo sexo con mujeres por las que no sentía pasión alguna y medicándose para dormir. Aun así se despertaba a la mitad de la noche con una fiebre de tristeza irremediable. Lloraba dormido. Siempre ha considerado que haber perdido a Luciana es uno de los grandes fracasos de su vida. A la par, y luego de que en su cumpleaños número treinta y tres confirmara que no es el nuevo mesías, su crisis de edad se agudizó lo suficiente como para que le interesara escalar peldaños en la agencia de publicidad donde chambea. Estaba tan deprimido que no le quedó de otra que esforzarse por ganar más dinero. Algún amigo en común hace no mucho sugirió que Luciana se había ido a vivir al gabacho, que había sido mamá pero seguía igual de delgada que siempre y que traía un corte de cabello un tanto ridículo.

Luis Pastrana se encierra en el baño. Animal de costumbres, prende el radio. Suena una canción que reitera jocosamente y entre trompetas una sola frase. Siente que habita una pésima película mexicana. Se da un regaderazo sin prestarle demasiada atención al orden en que lo hace. Cabello, axilas, genitales, cola, espalda, panza chelera, dientes, cabello otra vez. La escasa mata que le queda se empantana de espuma. Maldice ambiguamente. Ha creado una especie de Frankenstein de jabón con los restos de varias pastillas agrietadas y de diferentes colores. Una plasta seca impide que el producto salga del tubo de dentífrico como dios manda. Su bóiler oxidado sólo le permite disfrutar de cinco a seis minutos de agua caliente al día. Quedó claro: la ceremonia del aseo, para Luis Pastrana, apesta. Se tira un pedo oloroso que arruina contundentemente la experiencia pero reafirma el punto. En el radio una señora pide emocionada que le pongan una canción.

—Esta pendeja se va a volver loca cuando descubra Spotify o YouTube —dice él.

Luis está hablando solo. Signo inequívoco de que no durmió bien. Al centro del sol, en el sueño, había pliegues que lo hacían parecer una rodilla o el cogote de un buitre. No es normal que recuerde lo que soñó. Cierra el paso del agua. Permanece debajo del fantasma que dejó el chorro, sintiendo las sendas que las gotas imprimen en su cuerpo y el viento entrando por la rendija y el vapor saliendo por la rendija. Tararea la canción de un comercial de detergente que le hubiera encantado haber escrito él. Trata de concentrarse mentalmente en una sola de esas gotas de agua. Persigue la sensación que le provoca aquel lentísimo descender por la nuca y con rumbo al cuello. Siente entonces la estela de otra gota, también fugándose. Ambas, sin destino claro, se aúnan engrosándose en una caricia. Empieza la *Hora de los Beatles*. Lo que significa que va ligeramente tarde al trabajo. O más bien: que no le dará tiempo de desviarse para comprar fruta afuera del metro. Tendrá que pagar el doble por una triste papaya de Santa Fe. Pateada papaya de oficinistas. Triste fruta a la venta en un piso 15 al lado de la vending machine. Destruye las sutiles avenidas en su cuerpo con una toalla color bistec que parece que jamás estuvo seca. Cuando en un corte informativo anuncian que de nuevo hay contingencia ambiental en la ciudad, apaga la radio. En la habitación suena insistentemente la última alarma del despertador, desatendida. Aprieta un botón y ahora impera el ruido de los gotazos en la ventana. Ya se había dado cuenta de que amaneció lloviendo, pero apenas lo comprende en su totalidad. ¡Llueve sobre la Ciudad de México! En general no le gusta que amanezcan empapadas las cosas del mundo.

Promesa de diluvio.

Primer día de clases.

Luciana reaparece.

Ese lunes será un Pequeño Apocalipsis de Bolsillo. Otro.

Pone el mensaje en altavoz mientras se viste con las prendas seleccionadas desde ayer en la noche. La voz de Luciana le hace sentir que hay varios corchos impidiendo el normal funcionamiento y flujo de sus órganos internos. Se abisma.

—Hola, Luis. Soy Luciana. Me es difícil decirte lo que estoy por decirte. Supongo que recordarás las circunstancias misteriosas en las que te abandoné hace algunos años. Bueno. Estaba embarazada de un hijo tuyo. Tuve al niño. Fue varón. Yo no quería que sintieras la necesidad de educarlo o conseguir trabajo para comprarle pañales. Preferí desaparecer con la ilusión de que tú te enfocarías en los libros que tanto deseabas escribir. Si haces memoria recordarás lo que yo pienso acerca de cómo a los bebés las figuras paternas no hacen sino dañarlos irremedi….

Luis Pastrana apaga el teléfono sin acabar de escuchar el mensaje íntegro. Una lágrima se abraza a sí misma en el hueco de su ojo, sin brotar. Se puso uno de los calcetines al revés. Ese detalle se le presenta como un símbolo inequívoco de su perpetua ruina. No llora. Semidesnudo, empapado y con la piel agrietándose, no llora.

—"Las circunstancias misteriosas en las que te abandoné" —dice Luis en voz alta, caricaturizando la voz de la otra. Patea sus zapatos. Golpea con fuerza objetos que sabe que no lo lastimarán. El colchón, un cojín, sus muslos.

—Hola, Luis. Soy Luciana —acciona de nuevo el mensaje apenas consigue calmarse—. Me es difícil decirte lo que estoy por decirte. Supongo que recordarás las circunstancias misteriosas en las que te abandoné hace algunos años…

—Hace cuatro años, Luciana. No *algunos* años. Fue hace cuatro pinches años —exclama furioso al mismo tiempo que la grabación sigue su curso.

—… preferí desaparecer con la ilusión de que tú te enfocarías en los libros que tanto deseabas escribir. Si haces memoria recordarás lo que yo pienso acerca de cómo a los bebés las figuras paternas no hacen sino dañarlos irremediablemente. No quería que mi hijo heredara tu insatisfacción. En cambio sí heredó mis pulmones débiles. Antier por la noche nuestro hijo murió, ayer lo enterramos. Tenía tres años y cinco meses. Era hermoso. Y yo sentí que era necesario que lo supieras. Estoy destrozada, siento como si estuviera cargando al Pípila. Luis, no me busques. Le puse Lucas, como alguna vez platicamos. No me busques, Luis. De verdad no me busques. Luego de esta llamada volveré a bloquear tu número telefónico. Te saco de mi vida una vez más. Te dejo un abrazo, Luis, espero que te vaya bien en lo que quiera que hagas para...

El mensaje concluye con un timbrazo que a Luis se le presenta incluso más humano y benévolo que el mensaje grabado en sí. Como si el aparato mismo hubiera dicho: basta de tanta inmundicia. Parecía que lo estaba leyendo. Luis está seguro de que Luciana incluso contrató a un redactor para que confeccionara ese mensaje maldito. Todo lo que duró esta segunda inspección a la misiva, a Luis no dejaron de temblarle las manos. Toma el teléfono y le escribe un mensaje de texto lleno de tropiezos a su patrón empleador. Es como si de pronto hubiera olvidado lo que representan las palabras que usa el ser humano para comunicarse. Las letras bajo su dedo pulgar parecen cochinillas que presienten una amenaza. A duras penas consigue informar a su jefe que llegará después del mediodía porque le salió un asunto familiar que debe atender. Firma: amarilla carita triste. Le responden inmediatamente. Que sí, pero que urge que llegue aunque sea luego de la hora de la comida, que se armó un quilombo con lo de Pepsi y Biuti Full. Firma: un pug sudando de la angustia.

En el mensaje Luciana habla de los libros que él quería escribir. Cero novelas. Cero cuentos. Puras grandes esperanzas. Ya ni se acordaba de que quería ser escritor. Estaba contento midiendo su vida en quincenas. Se pone de pie. Abre la ventana y comienza a cortarse las uñas. Ni siquiera las tiene crecidas. En varios casos sólo se descarna la punta. Siente que su rostro se ha transformado en algo muy parecido al ensayo de garabatos y volutas que uno hace, lastimando la hoja, cuando el bolígrafo se ha quedado sin tinta.

Luciana, que usaba de separador fotografías enmicadas del autor en turno. Luciana, que usaba desodorante de varón. Luciana, vestida de gala aquella noche en Cuernavaca en la que a las doce de la noche volvieron a ser las once de la noche. Luciana, su sexo empapado y una falda minúscula en el Templo de los Guerreros en Chichén. Luciana, transformada en un demonio al tercer mezcal. Luciana, dormida con una guarda en la boca. Las chorroscientos mil amigas de Luciana que ya se casaron y "están esperando". Luciana, que lo ignora en las fiestas y le exige que se asee, que aprenda a no combinar rayas con cuadros y que abandone su bobalicón sueño de ser escritor.

No hay más uñas que rebanar. Luis respira hondo. Afuera, la gente avanza debajo de sus sombrillas. El rocío salpicado en los protagonistas de los anuncios espectaculares, pósters y vallas de la ciudad hace pensar en un llanto colectivo. Todos de luto por el pequeño hijo de Luis Pastrana. Pero él no llora.

¿Lucas? ¿De dónde sacó esa advenediza que yo quería un hijo con ese nombre? ¿Cómo demonios le hemos hecho los seres humanos para acostumbrarnos al hecho de que llueva agua del cielo? Se pregunta más cosas durante un sufrido viaje en taxi de hora y cachito rumbo a la uretra de la ciudad. La lluvia sólo consigue excitar el olor a mierda en Santa Fe. Los árboles, aunque calados, poseen un color verde sin verdor ni amenidad. El chofer viene comentando acerca de qué edificios se caerían en un temblor de más de seis grados y cuáles aguantarían vara.

—Ése de allá, no. Éste sí. Ése también.

Luis entra a un inmueble que ya desde ahorita parece un imperio en ruinas. El elevador más veloz de Latinoamérica. Piso 15 de 24. Tres mamparas llenas de grupos de trabajo lo separan de su pequeño escritorio de director creativo. Se sienta dándole la espalda al oleaje de teclas siendo presionadas en medio del silencio oficinista que sigue a las juntas de estatus mañaneras. No quiere que lo vean llorar. Pero no hay llanto. Tampoco consigue gobernarse. Se le nota en la cara un pesar reciente; está estrenando sensación. Inventará que lo dejó su novia. Algo. De la noche a la mañana se volvió padre de un difunto.

Los compañeros de trabajo de Luis saltan de computadora en computadora para indignarse grupalmente observando los videos de un sujeto que trabaja en una tienda de mascotas y maltrata a los animales. Le da rodillazos a un perro. Estira a un pollo como si fuera una liga. Le da coscorrones a otro cachorrito. Cuando acerca la llama de un encendedor a las orejas de un gato deciden abandonar tales videos y trabajar un poco. A los pocos segundos ya están botados de la risa, acorralados por sus ordenadores. Se han viralizado unos photoshopazos en los que a guitarristas famosos les suplantan el instrumento por una inmensa babosa. Las expresiones de apasionado desempeño rocanrolero se transforman en graciosa repulsión debido al montaje. Es jocoso pero estúpido, como todo hoy en día. El mal del siglo es el ingenio, se sabe. Después, los coworkers atienden emocionados al ultimísimo tráiler de la nueva de *Star Wars*. Se repasa desde varios ángulos el gol que ese fin de semana metió Messi. Suena a la distancia el sonido de un mensaje que llega. Los practicantes revisan, todos a la par, si aquel milagro de las telecomunicaciones ocurrió en sus bolsillos.

Indignarse todos al mismo tiempo. Que a todos les dé risa lo mismo. Emocionarse ante la expectativa de un mismo filme. Tener hambre todos al mismo tiempo. La hora de la comida. La hora de tenerle miedo a dios. La hora de sentir nostalgia por la infancia. La hora de excitarse viendo japonesas en traje de marinero untarse cátsup en las tetas. El teatro del mundo, piensa Luis ceremoniosamente al mismo tiempo que observa al presidente creativo de la agencia acercarse hacia él, enfurecido.

—Che, cara de poronga, se armó un lío *grosso* con tu idea del concierto. Si no lo solucionamos de alguna manera, el que se irá a Alaska serás vos, me escuchás. Ve comprando bufandas, pibe.

Y se aleja tal como apareció, rodeado de sus satélites chilenos y peruanos que en un archivo de Power Point anotan: "Empleado 37, viaje a Alaska, castigado". Luis Pastrana sabe que la idea no fue suya, él estaba sacándose los mocos en la junta con Sergio Promo. También se da cuenta de que, inmerso en el mensaje que Luciana le dejó cobardemente en su teléfono, está su chiste del Pípila. Cuatro años después y le sigue robando las expresiones y ocurrencias. Eso es lo que más coraje le da. Mira el paisaje detrás de la ventana cacariza por la lluvia. Santa Fe parece una nuez garapiñada. Una postal desde la que no figura ni el Ángel de la Independencia ni la Torre Latino ni ninguna edificación que evoque la juventud de un mexicano. Cuesta trabajo pensar que eso ahí también es nación. Luis siente cómo el cielo brumoso y contaminado se vuelve una mano que, meneándose como uno se imagina sin necesidad de descripción, le dice "adiós".

Toma su teléfono y retuitea aquello de mandar a Biuti Full al lugar más lejano del mapa. Suscribe su voto electrónico a favor de lo mismo. Busca ofertas de ropa térmica en internet. Se sale a intentar llorar en los alrededores del edificio para que nadie lo vea. Igual no llora. Escucha el mensaje una vez más, aunque realmente ya lo memorizó. Canta: "Fabuloso hace feliz a tu nariz". Ojalá ese jingle fuera de su autoría.

MAIL ENVIADO POR EMILIANO ZAPATA A UNA DESTINATARIA QUE REALMENTE NO LE INTERESA A LA NOVELA

Me llamo Emiliano Zapata. Ajá, como la estación del metro. Una vez conocí a un Benito Juárez al que le apestaba la boca. En otra ocasión me presentaron a una Juana de Arco. Ella sudaba copiosamente, los rumores decían que incluso se quitaba la camisa para hacer sus deposiciones. También conocí a un Mario Bros. No, no era fontanero pero sí se dejaba el mostacho tupido y libre. Supongo que son cosas que pasan. ¿Será cierto que un grupo de simios pulsando azarosamente las teclas de varias máquinas de escribir tarde o temprano consiguen una línea de Shakespeare? De ser así, por qué no pensar que los apellidos en suma de dos seres humanos que fornican para reproducirse pueden devenir en combinaciones curiosas o chuscas o con símiles históricos. Dos seres humanos entre las infinitas posibilidades de machihembrados. Vamos, si escribes Emiliano Zapata en el buscador de facebook te sale un largo muestrario de homónimos míos. Seguramente Adán era un nombre muy común entre los bisnietos de Noé. Y tengo entendido que en Rusia dejaron de ponerle Dolores a las niñas. Estoy improvisando.

Imagínate el olor de esa habitación de changos. ¿Cuántas personas se dedicarían a mantenerla aseada? ¿De qué color mandarías a pintar los muros? ¿Cuántos cientos de changos son necesarios para llegar lo más pronto posible al Soneto XXX? ¿Les descontarías el día a los que lleguen después de las nueve de la mañana? Espera un segundo, ¡changos escribiendo al azar!

Repito, me llamo Emiliano Zapata. En efecto, como el asesino revolucionario. Nací en el barrio bravo de Tepito. Sobrellevé mi infancia entre pilas de desperdicios y jugaba a las trais esquivando clavos oxidados. Yo no sabía que existían calles sin la basura que dejaban los fayuqueros o cielos exentos del desbarajuste de cables de luz, anudados a lo alto como audífonos adentro del bolsillo. Cuando nos mudamos a Ciudad Jardín (el mismo nombre de la colonia planteaba un porvenir luminoso) se presentaron ante mí los temblorosos verdes de primavera seguidos de las amarillas hojas de otoño, mismas que yo aplastaba sólo por el placer de escuchar su infinito quebranto. La casa donde aún viven mis padres tenía un pequeño jardín donde aprendí a calendarizar mi estadía en la tierra. En uno de los festines a propósito de mi cumpleaños, un invitado impreciso me felicitó por mis "once primaveras". Aquella expresión despabiló al dios dormido que habitaba en mí. Todo cobró sentido. "Soy el centro del mundo", pensé. Si te soy franco, ya me lo imaginaba. Yo les preguntaba a mis compañeros de la escuela que qué opinaban de que existiera un capítulo en *Cosmos* de Carl Sagan destinado a pormenorizar el cuerpo humano. Por desgracia ellos estaban más interesados en las caderas de *La Niñera* y los empates a cero goles.

Retomo. El funcionamiento de los órganos que nos permiten estar vivos no es sino una réplica milagrosa del universo. Once primaveras. Darme cuenta de esa magnificiencia desde tan niño me hizo repudiar muchas cosas y tener que soportar el escarnio de los que antes eran mis silvestres interlocutores: bola de don nadie en ciernes, alimentados con cartílago de tiburón, leche vitaminada y la seguridad que te dan los dieces en Educación Física. Debido a que tal epifanía coincidió con una candorosa fragilidad de mi cuerpo (empecé a usar gafas con gruesos lentes de fondo de botella), a mis amigos de pupitre les dio por azotarme sin que viniera mucho al caso. Eran tiempos más sencillos, al bullying le llamábamos "la supervivencia del más fuerte" y a uno lo abucheaban por ser un "cuatro ojos", haber nacido en otro continente o demostrar alguna mínima tendencia homosexual. Si bien al inicio me sentí víctima de una injusticia, cuando por mi parte me inicié en las mieles de la tortura animal, comprendí en su totalidad varias aristas de la crueldad humana.

Aprovecho para revelarte la razón por la que te he contactado. Y es que me he propuesto matar a patadas a Marquitos.

Respecto a lo otro, que te baste saber que no le guardo rencor a aquellos que me dieron coscorrones, que me pegaron chicles en el peinado de hongo o que untaron mis emparedados de mortadela en el meadero.

¿Jamás has tenido un invitado en casa de nombre Marco que se sienta agredido por tu pésima selección para nombrar a tu perro? ¿Qué harías si en nuestra habitación de changos guionistas destacara uno de entre todos? Imagínalo. Uno que anhele imitar a Shakespeare por su propia cuenta y sin la necesidad de aunar su trabajo con el de los demás integrantes de su especie. Un chango con saco de tweed y una evidente influencia de Jack London.

Si estás de acuerdo, y sigues ahí, regreso al jardín de mi infancia. De antemano te pido disculpas por lo extensa de esta misiva.

Me veo regando el césped o asustado porque de un balonazo había fracturado alguna de las flores que mi madre había plantado con paciencia. Observando los capullos abrirse, sin ningún género de prisa, aprendí que la palabra *flor* tiene mucho de onomatopeya. A mí las flores siempre me parecieron prototipos de naves espaciales. Y lo son, vaya. Las máquinas del hombre realmente lo que hacen es reproducir los perfectos esquemas de la Madre Naturaleza. ¡Esa mustia perpetuamente embarazada! Mujerzuela perezosa y verduzca a la que los pajaritos del bosque le amarran las agujetas y los alces le planchan las faldas. En ese jardín enterramos sabrá dios a cuántos canarios rubios que cantaban por encima del tráfico de Tlalpan a todas horas del día. ¡No! No es lo que estás pensando. Ninguna de las muertes de esas aves fue culpa mía. Las más de las veces ellas se asesinaban entre sí. Su jaula era un pequeño país.

Te hablaré de mi despertar.

Un día, de repente, el patio estaba lleno de bichos que parecían toda una gama de signos ortográficos con vida. Siempre estuvieron allí pero yo sencillamente los había omitido. Me congratulo por tal comparación con las comas, tildes y diéresis del lenguaje ya que ese jardín era otra forma de escritura y es hasta que uno aprende a admirar la belleza de un acento que éste cobra relevancia. Destaco de tal microcosmos a las catarinas por primorosas y aseñoradas, casi travestidas. De repente aparecían atajando la tabla del ocho que mi hermana menor trataba de memorizar. ¡Se me ponen los pelos de punta nada más de acordarme cuánto disfrutaba matándolas! Las colocaba en la rueda de mi bicicleta y luego pedaleaba lentísimo hasta dar toda una vuelta de llanta. El giro me devolvía los cadáveres de las catarinas hechos papilla en el neumático. Un día mientras ajusticiaba a un par pensé que aquellas eran las últimas del mundo y sentí que formaba parte de uno de esos momentos en que la historia se dobla como una hoja que será avión de papel. Esta vez se despabiló el demonio dormido que habitaba en mí.

Dios, el diablo y el niño que los descubrió a ambos. Yo.

Me quedo emocionado en espera de tu respuesta, cuéntame cosas, lo que sea sirve. Salúdame a Marquitos y vigila su digestión. La otra vez tuve que recoger una caca suya, pastosa y de un color preocupante, que decidiste abandonar irresponsablemente a la mitad de la calle.

E. Z.

La ejecutiva de cuentas tiene nombre. Se llama Ágata. De hecho, incluso tiene cara de Ágata. Sabemos poco o nada de ella, pero eso se resuelve fácilmente. Revisemos su Facebook.

Nos recibe su fondo de pantalla. Se trata de una foto del pasado: su padre cargando un trofeo impreciso, feliz y un tanto fuera de foco. En un recuadro minúsculo encima de esta imagen aparece el rostro de Ágata dándole la espalda a un cacho de mar, también impreciso. Es su foto de perfil más reciente. Luce ausente, como recién despertando de una jetita no planeada bajo el rayo del sol. Si uno le pica a la imagen y avanza hacia la derecha en la galería, aparecen las fotos más recientes de Ágata: vestigios de bodas afuera de la ciudad, fotos de su viaje a Japón, abrazos a amigas, algún novio irrelevante sin etiqueta, selfies en el espejo del gimnasio, selfies en el espejo de los bares, la vez que se graduó. Si uno, en cambio, avanza hacia la izquierda en la galería, aparecen las fotos de hace seis años: el pasado hippie, el pasado dark, abrazos a árboles, dibujos feos en libretas hoy extraviadas, tardeadas en las islas de CU y la extraña fase en que se rapó. Luego aparece otra vez la foto de su graduación, uniendo así ambas parcialidades.

He aquí su última publicación: "Probablemente me manden de viaje a Alaska en la chamba. Justo en el peor momento de mi vida. Estoy pensando en renunciar. No pueden obligarme. Justo ahora que él no está. La vida tiene que seguir, lo sé".

Una semana antes de eso, Ágata escribió en sus redes:

"Amigos y familia: la situación de mi padre es la siguiente, el tumor es grado 4, uno muy agresivo y con un alto índice de mortalidad. Pedro no es candidato a una operación para retirarlo ya que afectaría más de la mitad de su cerebro. Ya no reconoce a la gente, tiene algunos movimientos y abre los ojos pero no reconoce. Los cuidados que ahora tiene son paliativos. La cuestión de si va a mejorar es desechada. Cualquier duda por favor escríbannos para que mi madre o yo le preguntemos al médico."

También por esos días:

"¿La esperanza muere al último?"

Más fotos de su padre. En algunas aparece ella de niña. Son fotos digitales de fotos impresas con las fechas en la esquina inferior izquierda, un desbarajuste de años y bigotes y modas ridículas. Se puede ya determinar que el trofeo de la imagen de portada es un campeonato de golf. Aparecen un par de publicaciones acerca de canciones que escuchó. Alguna visita al cine que decidió registrar. Algún gif bellamente animado apoyando las marchas feministas.

Hace dos semanas, Ágata publicó:

"Familia: si alguien puede ayudar a localizar a Julieta para que esté enterada de que Pedro está en el hospital nos ayudarían muchísimo. Yo sé que hay mil problemas en la familia. Sé que él no fue el mejor padre. Nosotros ya intentamos por todos los medios pero no hemos tenido éxito."

Hace un mes, Ágata publicó:

"Te gusto por coqueta y altanera." Y una foto suya con sombrero vaquero. Fue a una filmación, también de Pepsi, a Culiacán.

Por esas fechas murió un comediante famoso y se propagaron electrónicamente varias fotos de él al lado de citas inspiradoras que el personaje había dicho en los momentos climáticos de sus cursis filmes. Ágata posteó: "Oigan, eso no lo dijo él, eso lo escribió un guionista, ¿no?"

Otro posteo. Resulta que el conjunto de elevadores del edificio donde está la agencia de publicidad en que Ágata trabaja fue nombrado "el más veloz de Latinoamérica". Hubo una ceremonia, develaron una placa y toda la cosa. Ella posteó: "En el edificio donde trabajo están los elevadores más rápidos del continente. Gran noticia para los eyaculadores precoces".

Otra participación: "Temporada de chiles en nogada a finales de julio, Navidad en octubre, películas de terror todo el año y la cuesta de enero que dura hasta diciembre".

Una más: "Ojalá hubiera fantasmas en mi departamento para que me ayudaran a pagar la renta".

Quizá con esto ya pueda uno darse cierta idea sobre el carácter de Ágata. En Facebook la sucesión, estrictamente vertical, se nos presenta desde el posteo más reciente hasta el más antiguo. Es difícil de describir esta narrativa de pergamino infinito. Se va desenrollando nuestro día a día rumbo a la nada pero al revés de como siempre ha sido. No vamos a la muerte, vamos al día en que decidimos hacer de nuestras vidas un escaparate público. Seguramente si seguimos viajando hacia un hipotético "abajo" llegaremos, entre filtros de perrito, posteos ingeniosos y memes con cinco minutos de fama, al día en que le diagnosticaron el cáncer al papá de Ágata.

En dos semanas se van a Alaska. El concierto está programado para dentro de tres. Los que harán el viaje se pueden tomar un par de días de vacaciones siempre y cuando asistan puntualmente a las juntas de preproducción. Que serán largas y tres. Rumbo a la primera de ellas coinciden adentro del laureado ascensor: Luis Pastrana, su dupla Cafiaspirino Montoya, la chica de cuentas Ágata, una mujer que aparentemente trabaja en el corporativo hotelero del piso once y el bróker de una compañía de seguros de vida.

—Buenas noches —dice Cafiaspirino.

—Tardes —lo corrige el hombre de los seguros. Es de esos.

Dentro de no mucho serán las seis. A la chica del piso once el día se le ha ido lentísimo. Y apenas es martes. Hoy es su cumpleaños. Traicionaría a todos los ahí presentes con tal de que esa fecha no hubiera llegado. Cumple treinta. Crisis de edad a tope, las uñas se le rompen con demasiada facilidad, el reloj biológico trabaja horas extras, las crudas perduran con empeño, ya podría pagarse la operación cosmética que siempre ha deseado.

Ágata viste de negro. Está enlutada, lúgubre y ausente. Sigue sin caerle el veinte del todo. Luis Pastrana también tiene un muerto que penar pero cuando se vio en el espejo adentro de oscuras prendas sintió la sangre demasiado presente y espesa, como haraganeando en sus venas. Prefirió ponerse una playera llena de casquitos de los diferentes stormtroopers que existen, de alguna manera en ello también hay un duelo. El tapón que le provocó la reaparición de Luciana en los órganos del cuerpo no se ha disuelto. Ha intentado contactarla sin éxito alguno. Quiere saber dónde está sepultado su hijo muerto. Así de fácil. Necesita una tumba a donde llevar de perdida un cochecito de juguete. No ha dormido en varios días. Camina dialogando con el fantasma en vida de Luciana, le reclama cosas y cuando está a punto de gritarle majaderías se descubre hablando solo adentro del taxi o en la fila para entrar al cine.

Si el sujeto de la compañía de seguros hubiera nacido varias decenas de años antes habría sido lo que llamaban un dandy. Cabello engominado, zapatos perennemente boleados, loción, corbata, un mechón de canas. En cambio, hoy en día, sólo parece un maniquí que sí tiene pupilas. Inclina la cabeza hacia arriba para observar la pantallita empotrada en una de las esquinas superiores del cubículo. Ahí aparecen varias noticias informativas redactadas con tan pocos caracteres que, en vez de informar, desinforman.

Cafiaspirino sí se llama así. Nadie sabría precisar por qué. A lo mejor es una compleja broma de parte de sus dos padres, ambos prestigiosos académicos de la UNAM. Cafiaspirino es un tipo pendenciero, vulgar y rijoso. Anualmente, Hollywood les hace cerca de quince películas con chistes de flatulencias a personas como él. Constantemente se quejan las compañeras de escritorio por su lenguaje soez y su forma de usar a los objetos como mujeres. Para no ir más lejos, apenas ayer le llegó un correo al patrón argentino en el que recursos humanos le notifica que varias empleadas del piso han levantado reportes de que el señor C. Montoya actúa como si estuviera teniendo relaciones sexuales con las sillas. En otra ocasión lo hizo con una chapata y en otra con una maceta de flores artificiales. El argentino prefirió transferir el problema a Luis Pastrana. Mismo que, después de siete pedas en las que la cuenta fue micha y micha, le ha agarrado mucho afecto al majaderito aquél. Cafi, le dice de cariño. Ino, cuando es necesario amonestarlo. Sabe que Cafiaspirino es un buen hombre siempre y cuando no se le encierre en un espacio reducido en el que pueda hacer libre desglose de sus majaderías frente a señoritas desconocidas en traje sastre.

—Acábame de contar, Luis, ¿entonces te cogiste ayer a una enana? —dice Cafiaspirino con una dicción envidiable.

Ágata hace una mueca de disgusto; ella es de las que se han quejado administrativamente. El hombre de los seguros menea la cabeza discretamente. La mujer del piso once se da cuenta de que ya van en el catorce y se le olvidó picarle al botón.

—Ay, qué tarada —exclama.

—¡Ino! —responde enérgicamente Luis Pastrana—. No es gracioso.

—¿Eso fue un "no"? —le pregunta subiendo el volumen.

—Ya, párale.

Uno de los muchos beneficios de utilizar diario el elevador más veloz de Latinoamérica es que te acostumbras a su silenciosa eficiencia. La duración de la charla anterior hace de inmediato sospechar a los cinco pasajeros que algo raro ha ocurrido. El vehículo ha dejado de llevarlos hacia arriba. Lo raro es que no se ha ido la luz. Sólo se detuvieron tan pero tan bruscamente, que pareció paulatino. Sacan todos sus teléfonos pero al mismo tiempo caen en cuenta de que adentro de un elevador sus aparatos se vuelven obsoletos espejos negros. O también desproporcionados álbumes fotográficos. Luis Pastrana observa la pantallita noticiosa por acto reflejo, como si en ella fueran a informar por qué demonios se ha detenido el elevador más veloz de Latinoamérica. En más de una ocasión leía esos balazos noticiosos anhelando que por fin se anunciara la lluvia de fuego bíblica o el nuevo diluvio universal o ya de perdida que estaba lloviendo chis de gato en la Narvarte.

—Si algo grave pasó allá afuera seremos los primeros en enterarnos —dice Luis seriamente, inspirado en quién sabe qué show de televisión y señalando el aparato.

Ágata lee en la pantallita un comercial de las inyecciones que les puedes poner a tus gatos y perros para que nunca crezcan y siempre sean adorables cachorros. Le resulta aterrador y monstruoso aquello. Siente que el elevador, colgando en las alturas, se transforma en una jaula. Escasos segundos después, la pantalla cambia a la cuenta regresiva de días que faltan para los próximos Juegos Olímpicos. Le encantan las competencias de gimnasia; luego recuerda que el golf ya es disciplina olímpica. Cafiaspirino Montoya piensa que si pasan más de tres meses ahí encerrados, los ciclos menstruales de las dos mujeres se sincronizarán formando un poderoso reloj de sangre con el cual podrán medir, de hecho, el tiempo que llevan ahí encerrados. Quizá las reflexiones de la mujer del piso once versen de lo mismo porque con desesperación presiona el botón de alarma una y otra vez. Le pica pero no siente que un foco rojo esté pestañeando con violencia en la mesa de un oficial de seguridad. Presiona también los botones de diferentes pisos. Los botones no se encienden. El hombre de los seguros alza su teléfono a la búsqueda de señal.

Por unos instantes les pasa como cuando los hombres de finales del siglo XX veían una película en VHS y, debido a unas imprevistas ganas de ir al baño, le ponían pausa a la cinta, lo que provocaba que los rostros de Meg Ryan y Nicholas Cage quedaran deformes y en muecas de alucinación. Es un paréntesis raro en la vida de todo ser del siglo XXI quedarse atorado en un ascensor.

Cafiaspirino se toma fotos. Guardan silencio un rato largo. La mano del hombre de los seguros permanece en lo alto, hasta adormecérsele. La mujer del piso once sopla hacia arriba, según ella para ahuyentar el aroma a gente encerrada. En la pantallita dice:

"Gracias a un concurso de mercadeo y la broma de un usuario en redes sociales, el rapero Biuti Full deberá dar un concierto a sus fans de Alaska. Reporta la agencia AP"

—¿No era reguetonero? —dice Luis Pastrana en voz baja y toma asiento. El cajón no modifica un centímetro su suspendida estabilidad.

Más que una jaula es una pecera vacía.

El hombre se rinde, baja la mano y, con una maestría de mago reparte sus tarjetas de presentación:

—Rogelio Alanís a su servicio. ¿Ya cuentan con un seguro de vida? ¿Han pensado en su futuro?

"Se cumplen dos años de la muerte del escritor Gabriel García Mórquez", dice la pantallita. Sólo Ágata nota el dedazo. Prefiere estar atenta al constante fluir noticioso que convivir con aquella sociedad inesperada.

"Operativo policiaco movilizará a más de mil elementos de la policía debido a marcha por los desaparecidos de Iguala. Empieza a las 6 pm en el Ángel de la Independencia. Se prevén lluvias".

"Niño de cinco años asfixia a su madre accidentalmente".

—Carlos Slim compra los cadáveres de todos los mexicanos que morirán durante los próximos cien años —dice Cafiaspirino.

Luis Pastrana resopla, comienza a desesperarse. Todos toman la tarjeta y el volante informativo que el hombre les entrega.

"Aparece mujer decapitada en carretera a Cuautla."

"Policías que presuntamente violaron y mataron a menor de edad están libres."

—Oye, ¿y no tienes algún seguro de vida que aplique en caso de que mueras atrapado adentro en un elevador? —pregunta la chica del piso once—, ¿tengo algún tipo de beneficio si contrato un paquete el día de mi cumple?

"Se cumplen cinco años de la muerte del escritor Gabriel García Mórquez."

—Se estrella un avión en el cementerio, se estima que haya más de mil muertos —dice Cafiaspirino.

Ágata se pone a llorar. Irremediablemente. Lágrimas duras y contagiosas. Quién sabe qué magia impide que el maquillaje se le corra. Los deltas en su mejilla son otra forma de rezo. Sus hombros suben y bajan, vaivén maligno. La mujer del piso once la intenta consolar, pero es rechazada. Ágata moquea. Da la impresión de que sus lágrimas, tan minúsculas y livianas, van a echarse a volar, que flotarán hacia arriba. Luis se conmueve. La barbilla le tiembla. Pero no, no llora nada. El sol en su sueño no era una rodilla: era un feto. Simplemente no puede creer que sea padre de un hijo muerto. Algo silvestre y brutal se está apoderando de su cuerpo. Siente que todo el tiempo camina bajo el manto de un sucio rayo de luz.

Se abren las puertas prodigiosamente. ¡Y en el piso 11!

—¡Sorpresa! —grita un montón de gente y arroja con violencia serpentinas y papel picado de colores al interior del elevador. En sus caras se percibe cierta atroz impaciencia.

Salvo Ágata, los pasajeros abandonan el elevador sin decoro, a empujones y pisándose los zapatos. Ella se queda en su rincón con la cara llena de confeti y mocos y lágrimas espesas. Se cierran las puertas y permanece adentro, llorando sin destino en ese rincón superveloz del mundo. Gran noticia para los eyaculadores precoces, piensa, tratando de hacerse reír a sí misma. Lee en la pantalla acerca del empleado de la tienda de mascotas que fue descubierto torturando animales. El caso ha sido muy sonado recién. La novedad es que anoche fue amenazado por un grupo anónimo de terroristas digitales.

MAIL ENVIADO POR EMILIANO ZAPATA
A ALMA DELIA

¿Seré obeso? ¿Tendré un rectángulo áureo de pelos en el pecho? ¿Sensual labio leporino? ¿Seré una jovencita ociosa? ¿Un desdentado? ¿Una pareja emocional de tu pasado haciéndose el gracioso?

Te garantizo que sólo soy un joven de 29 años, enjuto, con el cabello crispado y trigueño. Jamás hice deporte, heredé las caderas poco modestas de mi madre y mi piel es casi transparente. Cuando voy al mar me quemo disparejo. Es casi como si el sol me diera latigazos. Soy alérgico a los mariscos pero jamás les tuve un cariño especial. Odio el canto del cenzontle. Ha habido a quien le llaman la atención mis ojos. Tampoco soy horrible ni tengo malformaciones dignas de ser mencionadas. En un álbum de estampas de futbolistas que irán a un mundial yo no destacaría, pero tampoco sería molesto si te salgo con demasiada reiteración. Es justamente eso, mi belleza física se devela a base de repeticiones. Imagino que si en un estudio fotográfico usaran mi cara para ejemplificar los servicios que ofrecen, la chica del mostrador se sentiría extrañamente atraída por mi mirada constante. Me quedo calvo a pasos agigantados. Es una pena que los injertos de vello facial no sean una prioridad científica en los tiempos que corren. Es una pena que la suma de mis padres no me beneficiara con una toral espalda de nadador. Esas dos cualidades más una memoria literaria impecable, serían los tres deseos que le pediría al demonio.

Hola, antes de que prosiga, hola. No sabes la alegría que me provocó ver en negritas el irrevocable hecho de que me habías respondido. Soy un hombre entusiasta, Alma. Un hombre entusiasta y de pasiones, hasta cierto punto, sencillas. Un hombre entusiasta, de pasiones sencillas y con una vida interior muy intensa.

Es muy curioso que no seas tú la dueña de un poodle de nombre Tapioca. Rara vez me equivoco en estas cosas. Suelo ser muy ordenado en mis bases de datos pero curiosamente tu ficha se me traspapeló con la de una jovencita de Edomex, por cierto tocaya tuya. Prometo amonestarme como es debido.

No me cayó nada en gracia que en tu misiva me corrigieras al respecto del caballo Janto. En efecto, así se llama también el río que absorbe los cuerpos de los troyanos una vez que se desata la cólera de Aquiles. Pero, entiende, ambos se llaman igual. Caballo parlanchín y río enrojecido. Así como el caudillo revolucionario y yo compartimos RFC. ¡Esas cosas pasan! Te redactaré en ulteriores correos mi teoría al respecto de los nombres que se repiten y los simios del señor Burns. Siempre y cuando me sigas bendiciendo con el regalo de la retroalimentación.

Lee lo siguiente con calma.

Un gringo vive como millonario debido a su capacidad innata de arrojar pelotas de beisbol con bravura. Las velocidades que alcanzan sus proyectiles son fantásticas, auténticas armas blancas. Cierto día, él se desempeña satisfactoriamente durante un partido. Va pasando una paloma. Equívoco malicioso o magia grácil, la pelota golpea al ave, pulverizándola. No queda nada del animal. El hombre queda muy afectado. La gente lo ataca, defensores de los derechos de los animales (¡Madre santa!) lo atacan y condenan. El jugador renuncia a su empleo, busca ayuda profesional, se vuelve loco, se quita la vida.

Es muy raro todo esto.

Un fotógrafo está en África. En frente tiene a uno de esos niños negros desnutridos, panzones de tanta hambre. Un cuervo lo merodea (de nuevo, un ave, mi hipótesis es que la invasión inicialmente nos caerá de las alturas). Rapaz, el animal se saborea el banquete *a priori*. El hombre en vez de salvar al niño toma una fotografía segundos antes de subirse a un helicóptero. La imagen gana condecoraciones y premios internacionales de fotografía. Sin embargo el fotógrafo es tenazmente criticado por haber dado clic en lugar de salvar a la criatura. Lo atacan y condenan. Renuncia a su empleo, busca ayuda profesional, se vuelve loco, se quita la vida.

Es muy raro todo esto.

¿Qué opinión te merecen estos dos hombres?

Si quieres ver una foto mía te aconsejo que busques en Google: "Empleado de tienda de mascotas es sorprendido torturando animales". No es mi mejor ángulo, te advierto. La noche anterior me había desvelado redactando correos de reclutamiento como el que dio pie a nuestra amistad. Si sueles inspeccionar la deep web también podrás encontrar ahí videos míos. Mi voz, te advierto, es gangosa por culpa de una sinusitis que desde hace unos años me provoca jaquecas insufribles. Mis senos paranasales no lubrican bien por un milenario error de cálculo a la hora en que el primer chango se irguió. La evolución es una mentira. También habrá tiempo de hablar de eso. Me despido de momento y porque he de tomar una ducha antes de las dos de la tarde.

Tuyo,

E. Z.

Luis Pastrana mira un árbol.

Mira un árbol hasta que le da miedo. Lo observa y entiende que ese árbol es único. Original. Él mismo lo plantó afuera de donde antes era casa de sus padres. De niño. Hoy, el viento zarandea su follaje. El ya armado rompecabezas de sus individuales hojas. Cada una de ellas se sacude vivificada. El árbol danza. Llamas invisibles lo sonsacan milimétricamente. ¡No! La palabra es: *escrutan*. Lo escrutan y ahí, en esos diminutos e irrepetibles meneos, está la perfecta creación de un dios al que diario asesinamos. Cuando era chico le enseñaron que todo a su alrededor había sido creado por un mismo ser supremo. Pero él ya no percibe la presencia de ese dios en las cosas. ¿Dónde está? No la encuentra en ningún lado. Aparece, a lo mucho, templada y nada más.

No está dios en ese avión que vuela entre las sonrosadas nubes. Tampoco está en la forma natural como un botón ingresa en su ojal formando Pangea. Ni en la mirada que estrena lentes ni en el juego de alambres que reacomodan los dientes chuecos ni en todos los dibujos que han ilustrado a una sirena. Ni en la pieza que fabrica un obrero inagotablemente y desconoce cuál será su uso. La divinidad no está en el falso frío de las salas de cine. Tampoco está dios en la rosa del mazapán. Dios no habita las tildes, no está presente en la llama de la estufa ni en el foco fundido ni en el alimento de las mascotas ni mucho menos está en los apagones. Ni en las balas. No está en el bisturí ni en el fuego artificial que parte la noche en gajos. Ni en los calcetines o en la soledad del piso cuarenta y tantos. No está en los perfumes ni en la sangre contaminada de enfermedad. No hay presencia divina en las zapatillas de la bailarina o en el calzado del delantero. De la tecnología, mejor no hablar.

A Luis Pastrana no le gusta el mundo que lo rodea. Un mundo creado sin su intervención y que desaprueba. A él no le preguntaron si quería que hubiera helados o parques de diversiones o papel moneda y gente buscando el amor. Está seguro de que si dios se paseara entre los hombres vivos sentiría algo muy parecido a esa impotencia. Puede imaginar al Creador observando un tenedor con delirante pánico. Un simple tenedorcito para pinchar pasteles. ¿Qué es esto?, gritaría desquiciado. Luego descubriría que hemos embotellado el agua, disecado osos y perfeccionado la sal del mar.

Pero aun así Luis Pastrana mira un árbol y se aterra. Forman un rostro anciano los límites de cada una de sus hojas, entreverándose en un tapiz de instantes irrecuperables. Una cara hecha de hojas. Su barbado semblante se mece a sí mismo. Sus arrugas son aire atascado. Este caluroso momento del año en que toda hoja difunde el secreto de la vida. Al árbol lo mueve el viento, siniestramente. Él lo mira. Y teme. Las ramas sucumben, se peinan. Bambolean en un idioma que no le corresponde entender. ¿Quiere avanzar? No lo consigue. Ahí fue plantado. Ésa es su maldición. Así como plantar árboles, inventar vehículos, gentilicios y fronteras es la maldición de los hombres.

Cierra los ojos. El árbol se sigue sacudiendo adentro de su cabeza. El árbol se descuidó por un segundo y permitió ser visto más que vivo, eterno; insuflado de divina gracia.

"No soy cenicero ni bote de basura, ¡cuídame!", dice un letrero torpemente escrito y torpemente atado al tronco. Pero la gente ha arrojado en la base sus bolsas de plástico con los desperdicios de toda la semana. A la inmundicia la contiene una jardinera de rejas oxidadas que antes no estaba. Alegres, con sus capotes brillosos, caminan por doquier las cucarachas, fulguran como lentejuelas frente a un foco. Recarga el árbol sus ramas más gruesas en un muro de ladrillos plagado de grafitis escritos uno encima del otro y sobre afiches descascarados de conciertos que ya acontecieron. Luis Pastrana abre los ojos, se acerca y arranca dicho letrero. Arroja el cartel junto con el resto de basura. Un árbol que sabe que no es un cenicero ni mucho menos un cesto. ¿Sabrán los árboles que no fueron creados por dios alguno?

¿Qué mosco le picó a Luis Pastrana? ¿Por qué ese día se puso a pensar en dios y a buscarlo en las cosas?

Ah, ya; es por lo de su hijo muerto. Lee el letrero entre la basura. "No soy cenicero ni bote de basura, ¡cuídame!" Se siente estúpido buscando respuestas en las inscripciones ecologistas que algún vecino pazguato cuelga de los árboles. Prevalece el frío. Ese tipo de frío que se te mete entre la ropa, sientes cómo abre discretamente las tramas de tus prendas. ¡Piel chinita! Ya tiene mucho tiempo que esa casa dejó de ser donde vivió con sus padres. Ahora es una cafetería Starbucks. Una más. Hace rato fue al departamento donde vivía Luciana en la colonia Narvarte y también es un Starbucks. Fue al estudio de Luciana en San Pedro de los Pinos y también es un Starbucks. Fue al restorán francés donde en aquel segundo piso sin comensales hicieron el amor a las carreras y, ¡ahora es un Starbucks! Fue al McDonald's donde de chico conoció las papas fritas y las albercas de pelotas y ahora es un Starbucks. Es ridículo. Le están poniendo franquicias a sus recuerdos atesorados, de manera que cuando muera y vea el total de su vida pasar frente a sus ojos, aquello resulte ser un comercial de dicha compañía.

1989. El niño Luis Pastrana observa por primera vez una cadena de ADN dibujada en un libro, no entiende bien qué es esa escalera de caracol con canicas bicolores, pero igual se queda pasmado. No lo sabe, pero forma parte de las primeras generaciones de humanos con la capacidad de asombrarse de eso, precisamente de eso. Dibuja constantemente la azotea a donde imagina que tal bucle de escalones conduce. Actualmente tiene sepultado este recuerdo pero una tarde volverá de golpe todo gracias al sabor único de un *mocaccino* con canela.

1994. Muy jovencito, Luis Pastrana va a la farmacia para comprarle aspirinas a su madre. Es de las primeras salidas que le permiten hacer solo. En la miscelánea que queda de paso acaban de estrenar una maquinita. Los niños más grandes acaparan el videojuego y con una maestría para presionar botones venida de otra dimensión conectan combos alucinantes. Es un videojuego de madrazos. El sonido de los puños, los cuerpos que caen y se incorporan de nuevo (no siempre), gritos de guerra en idiomas lejanos, el conteo de los rounds. Luis siente una irresistible atracción por lo que ocurre detrás de esas nucas. En puntas de pie alcanza a asomarse a un pequeño tramo de la pantalla. Mira a Dhalsim, el peleador indostánico de *Street Fighter*, agacharse y, con media línea de vida, extender sus brazos más allá de lo que es humanamente posible. Se le alargan los huesos al conectar un golpe fuerte. Este sencillo evento cambia por completo la vida de Luis Pastrana. Él no sabía que era posible idear cosas así, que un brazo pudiera dejar de ser un brazo, salirse de su condición normal de brazo.

1998. Luis Pastrana da su primer beso. También entra por primera vez al Estadio Azteca. Ambas experiencias, el ingreso tubular y hosco hacia un paisaje cóncavo, le resultarán muy ligadas el resto de su vida. Jamás separará una de otra: al besar pensará que está entrando a una cancha de fut. Aquel primer beso lo dio con la lengua quemada, adormecida por culpa de un delicioso café americano que no templó. Aquella mujer, jovencísima y con cejas de Muppet, murió un par de años más tarde.

2004. Luis Pastrana viaja con su amigo Miguel España a Buenos Aires tras las huellas de Julio Cortázar. Buscan el departamento del escritor. Lo adoran como a una mágica figura paterna. Sólo encuentran un edificio con una placa informal y a varios vecinos hartos de que lectores de todo el mundo vayan a pisar sus tapetes de *Welcome*. "Aquí no hay nada, decile a tus amigos mexicanos que sha no vengan". Una anciana les comenta que antes estaba la descomunal cama de Julio en la azotea pero unos niños la quemaron. ¡El gigantismo!, piensan ambos. De todas formas van a la puerta del departamento en el piso tres. Luis se asoma por la mirilla. Miguel, desilusionado, no lo hace. Cuando van de regreso al hogar, en el avión, Luis Pastrana le dice a su amigo que jamás le dirá qué es lo que vio a través del agujero. Miguel se enoja. En efecto, jamás se lo revelará. Lo que vio fue un pedazo de bonsái.

2009. Luis conoce a Luciana. No es la más grande historia de amor jamás contada ni mucho menos. Coincidieron en un pésimo taller de literatura que transcurría en el Starbucks que está al lado de la embajada norteamericana. Un día la reunión olía muy mal; era imposible concentrarse con tal peste. Ambos se dieron cuenta de que el maestro había pisado mierda de perro. Sin poderse aguantar la risa abandonaron al grupo y acabaron en el estudio de ella comparando alturas para ver qué tanto se les podría facilitar hacer el amor de pie.

2010. Todos tenemos derecho a amarnos, pero sólo Romeo y Julieta trascienden en el tiempo. Luis y Luciana hacen lo propio. A sus extensas charlas después de hacer el amor, Luis y Luciana, les llaman "sobrecamas".

—Qué clase de empresa norteamericana tarada decide llamarse como un cobarde. El arponero Starbuck es el único al que le da miedo la batalla contra Moby Dick. Se caga para adentro cuando tienen a la ballena ahí enfrente. Había otros personajes de dónde elegir —opina Luis Pastrana, exagerando sus pasiones literarias, como siempre.

—Yo no diría que Starbuck es un cobarde —le replica Luciana, desnuda, fumando un cigarro flaco, flaco, flaco, que poco a poco va dejando de existir.

2016. Enfrente del árbol de su infancia, ecos de aquellos días lo atosigan. Días fantasmales en que leían el mismo libro al mismo tiempo y buscaban desesperadamente no sólo tener orgasmos a la par sino quedarse dormidos en el mismo segundo. Puras patrañas de enamorados. Oscurece en la Ciudad de México, como un bramido que alguien sueña. Luis Pastrana nació en una tierra despiadada en la que, por una necia maldición, a veces es de día y otras de noche. Primero aprendió a temerle a ambas, luego a no sentirse cómodo en ninguna. Entra al Starbucks huyendo del frío. ¡Y tendrá que ir a Alaska en un par de semanas! Hace la fila pertinente, pedirá algo que le caliente el estómago. La sirena de dos colas jamás aparece en *Moby Dick*; es un invento empresarial y superchero. Tranquilas versiones en bossa nova de grandes éxitos del rock pesado suenan en todas las bocinas de la cafetería. A Luis le vibra el celular en el bolsillo. Revisa en la pantalla. Es Lola, la chica de producción. No responde. No son horas, no está de humor. ¡No! El teléfono sigue vibrando un rato más en su mano.

—Un vaso de leche caliente, por favor.

—¿La pura leche?

—Sí.

—¿Tamaño?

—¿Mediano?

—¿Leche light o normal?

—Me es indistinto.

El aparato vibra, se interrumpe y vibra. A Luis le resulta muy degenerada la manera como le hemos dado vida estertórea a los objetos que, aparentemente, nos facilitan la existencia. Es decir: todo lo tecnológico está en perpetuo estado de fallecimiento. También el árbol, ahora que lo medita.

—¿Deslactosada?

—¿Sí?

—Me recuerdas tu nombre, amigo.

—Luis Pastrana.

"¿Me recuerdas tu nombre?" Pero si Luis Pastrana jamás había estado ahí. Bueno. Excepto de niño. Excepto cuando tuvo que vérselas con los muebles cuyos bordes se volvieron de un día para otro puntas afiladas e interesadas en sus ojos. O cuando tuvo que descifrar los acompasados rumores que salían del cuarto de sus papás. O cuando los muebles tronaban por el desuso a la mitad de la noche. Qué trío de evocaciones inermes. Obviamente hay más de dónde rascar en su infancia, pero Luis Pastrana en este momento sólo es lo que fue estando con Luciana. Incluso la mención previa de la cadena de ADN, Julio Cortázar y el futbol la llevan a ella implícita. Luis Pastrana quiere rastrear el coito en el que ella quedó embarazada. ¿Cuál de todas esas veces? Ojalá los hubiera enumerado y descrito en un archivo de Word oculto en algún paraje ignoto de su computadora. El hombrecito que atiende la caja del Starbucks anota su nombre en el vaso desechable junto con una carita feliz hecha con signos ortográficos. Dos puntos, guión corto, cierra paréntesis. De nuevo: esa manía de ponerle ojitos humanos y boca humana y emociones básicas a todo. Toma asiento en un lugar en el que jamás, hasta ahora, hubo un sillón. A su lado un grupo de escuinclas juegan entre risas a adivinar "qué personaje histórico eres".

Todas traen pegado en la frente un *post-it* amarillo con el nombre escrito a mano de su personaje. Soy Gandhi. Soy Adolfo Hitler. Soy un zombie. Soy el Mago de Oz. Soy Biuti Full. Soy el Monstruo Comegalletas. Soy los *Rolling Stones*. Soy Luis Pastrana y tengo un hijo muerto. No soy cenicero ni bote de basura. ¡Cuídame! El grupo de amigas parece una sagrada familia de porcelana compuesta exclusivamente por vírgenes María.

Luis Pastrana descubre que en su vaso anotaron mal su nombre.

Sobrecama.

—Starbuck me pareció el hombre más sensato de la tripulación porque él estaba consciente de que la misión del Pequod era recolectar esperma, no cobrar una venganza personal que los pondría en peligro a todos. Varias veces intenta razonar con Ahab para que entienda eso. En uno de los últimos capítulos lo hace de manera más directa al hablarle de su hijo, que lo esperaba de regreso en la isla. Le habla de la mano del niñito saludándolo desde la colina, me parece. Esto es muy bello porque la imagen final de la novela es la mano de uno de ellos hundiéndose en el mar. Y bueno, Ahab dentro de su locura tiene una pizca de lucidez al apoyarse tanto en Starbuck durante todo el viaje. De hecho es el único con el que tiene conversaciones medianamente coherentes. Es su hombre de confianza. No se acobarda enfrente del Leviatán. Simplemente piensa en su hijo. Más bien la queja debería de ser: qué lástima que una empresa norteamericana masiva de cafés tan caros decida ensuciar el nombre del razonable Starbuck.

—¿Su hijo? De un tiempo para acá todo quieres meterlo en la canasta de la procreación. Si algo me quieres decir, mejor sé directa. Las cosas como van, Luciana.

—Mejor vuelve a visitar las páginas de *Moby Dick* que subrayaste, cielo. Yo no tengo la culpa de que todo lo hayas leído hace cinco años y tengas memoria de teflón.

—¿Memoria de teflón? Acabas de envejecer diez años de golpe con esa frase. No sabía que acababa de tener sexo con mi tía Lupe.

—Ya quisiera tu tía Lupe tener un domingo este cuerpo de vasija.

—Te amo, Luciana; pero tu cuerpo es de cántaro, no de vasija.

—*Potato, poteito* —da Luciana una fuerte bocanada.

—Bueno, a ver: ¿si tuviéramos un hijo cómo te gustaría que le pusiéramos?

—Lucas, naturalmente.

—Qué contundente ¿Por qué Lucas? ¿Es lo más parecido a Luciana en varón que se te ocurre?

—No, porque los hijos imaginarios que iba a tener con tus predecesores que me hicieron esa misma pregunta se iban a llamar Mateo y Marcos, en ese orden.

—Tus pinches exnovios. Me la pelan tirando penales.

—Y comiendo frijoles, Luisito Pastrana. Y comiendo frijoles.

La sombra del árbol lo persigue, trenzada con las sombras de los demás robles en la calle, todas proyectadas en el suelo como vivas calcomanías.

¿Lucas?

Luis Pastrana alza la mirada y a la distancia ve a un vagabundo vaciar el contenido de sus bolsillos sobre una de las bancas de piedra que antes estaban en La Alameda. Se detiene a verlo. El menesteroso hurga entre sus pertenencias buscando un par de monedas y se aleja dejando ahí olvidado el botín. ¡Luis había esperado esta oportunidad por mucho tiempo!

Un ticket del Oxxo. La envoltura de unos chicles. Un botón. Basura irrelevante. Algo que parece alpiste. La goma masticada de un lápiz. Naderías que al instante se las lleva el viento.

Pues sí. ¿Qué esperaba encontrar? ¿El secreto de los vagabundos?

El saco que Luis trae puesto hoy tiene un agujero en una de las bolsas internas. A veces esta circunstancia se le olvida y mete cosas ahí que acaban en el fondo de la prenda, colgando del forro. Extraerlas de ahí implica cierta paciencia que de momento no posee. Podría simplemente romper las costuras, pero también le gusta pensar que acaso alguien atesora el misterio de lo que lleva ahí almacenado. Esa persona también se llevaría una desilusión.

Dos plumas bic. La tapa de una pluma bic. Tickets de comida. La envoltura de cierta golosina. Semillas de limón.

Un volante que le ofrecieron en la calle doblado hasta transformarse en un cuadrado diminuto y abultado.

Mezcla de fasinación y envidia, a Luis Pastrana siempre le han llamado la atención los vagabundos. Vaga por la ciudad. No sabe que hacer con el tiempo libre. Ayer, se metió a un bar en la Condesa y pidió una sucesión de gin-tonics que cesó apenas se quedó sin pila en el teléfono. Alzó el rostro y vio al resto de hombres solos, todos inclinados y abstraídos, atentos exclusivamente a lo que ocurría en el recuadro luminoso en sus manos. Beber en martes. Se regresó a casa y vio tele (Bart baila ballet, el final de *Vengadores 2*, las Chivas en peligro de descenso, el final de la película *Capote*). Durmió poco o más bien nada. Pasó la noche sudando las sábanas a lo menso, evocando a Luciana e imaginando a un hijo suyo de nombre Lucas. Una criatura con las características de ambos. ¿En cuál de todas las veces que se amaron se gestó un ser humano? No quiere estar en casa pero tampoco quiere estar en la calle. Ya en otras ocasiones le ha sucedido esto: siente una inexplicable necesidad de salir huyendo y cuando está afuera siente que sigue estando adentro.

Hoy, ya más calmado, mira al vagabundo alejarse hasta que se pierde entre el resto de hombres que van saliendo de trabajar. Es normal que la gente salga de los funerales con unas silvestres ganas de copular. Sólo así se explica Luis por qué está tan caliente. Puesto así: desde la llamada de Luciana su vida es un funeral perpetuo e inasible, sin café negro.

Se interna en la Zona Rosa. Atraviesa un tramo repleto de bares de chela a quince lanas, zona de jolgorio y suelos pegajosos, gente que lleva bebiendo horas y horas. Entra al bar donde trabaja la mesera Polly. En ese momento suena una rola de Biuti Full. Algo sobre no usar condón. "Dale pelón", dice el coro.

La mesera apenas lo ve le lleva una botella de Corona, tensamente sostenida entre sus dos dedos. Él a señas le pide prestada su pluma. Anota en una servilleta: "¿A qué hora sales? Vengo por ti". Le enseña la propuesta. Ella, con un juego de mímica que involucra ambas manos, le indica que a las once treinta. De un trago Luis Pastrana se bebe un cuarto de la cheve y, también con pantomima básica, le hace entender que estará puntual para recogerla. Él sonríe y un fugaz cañón de luz verdusca se proyecta en su cara, haciéndolo parecer la Bruja Mala del Este.

Piensa en las pertenencias del vagabundo abandonadas en la banca de piedra, ahora mismo deben estar dispersas por doquier, confundidas con el resto de desperdicios humanos diarios. Piensa en el árbol que lo asustó, sacudido por la ventisca. ¡Ese rostro! Gesto de agridulce clemencia, de enloquecedora ternura, de piedad insólita. Piensa en todos los días y sus madrugadas con Luciana. Ahora pareciera que fue sólo un día y una sencilla madrugada. Aúna los elementos buscándoles sentido:

El secreto de los vagabundos.

Un árbol que ríe.

Su hijo muerto.

Signos ortográficos formando desoladas caras humanas.

Nada conecta con nada. No todas las estrellas en la noche forman constelación. En cambio, y hablando de objetos aunados, compra un six. Seis chelas oscuras abrazadas por un aro de plástico. Se mete en una de las calles que lentamente van a dar a un parque en la colonia de enfrente. En una banca toma asiento. Enciende su teléfono y ve.

Ve varios grafitis realizados por mexicanos ayer por la noche en los muros de una localidad en Holanda. Ve goles del pasado. Ve, haciendo acercamientos, a Ágata sin sostén cuando era hippie. Ve las opiniones, viajes, cenas y bodas de un puñado inabarcable de desconocidos. Ve, involuntariamente, el comercial de una universidad privada. Ve cuatro veces seguidas la escena del baile en "Band of Outsiders", como queriendo memorizarla o quizá ser parte de ella. Ve al fantasma del perro Roncha vacacionando en Costa Rica. Ve un paisaje desde la ventana de un avión pero la toma abre y descubrimos que es el mango de un detergente. Ve a dos niños rubios realizando un accidentado truco de magia que concluye en la probable muerte de uno de ellos. Ve el video de un anuncio espectacular que se cae sobre varios autos y ve muchas fotos de gente aprovechando que el Nevado de Toluca le hace honor a su nombre. Ve una cartulina amarilla que Cristal Rivera descubrió en una paca en Laredo que dice: "Ropa recién robada". Ve el tráiler del remake de *Eso*. ¡Ve un elefante que sabe dibujar!

Aquí se detiene.

Inicialmente son dos. Enormes, grises y calvos. Avanzan lentísimo. Entumecidos se afanan entre aplausos y voces que no revelan en qué rincón del planeta se desarrolla tal grabación. Jaulas al fondo dejan en claro que se trata de un zoológico. Los conducen sus entrenadores hasta un área donde hay varios caballetes previamente dispuestos. Da la inicial y chusca impresión de que se trata de un campamento de arte para paquidermos. Descubrimos que, colgando de su trompa, uno de ellos lleva consigo un cajón con utensilios de pintura. El otro elefante desaparece por el resto del video.

Repentinamente, incrustada en una de sus fosas nasales, la trompa del elefante protagonista tiene un enorme pincel. Imposible determinar cómo llegó ahí. Y pinta. Pinta en el sentido más burdo en que es posible pintar. Son trazos color café apoyados sin destreza en la superficie, brochazos firmes y toscos. No infantiles, más bien enloquecedoramente bestiales. Redondos e inicialmente sin demasiada composición. El video dura un total de ocho minutos y medio. ¿Cuál es el truco? Quizá sea una trompa falsa manipulada por una persona, una especie de prótesis mecánica. Aunque a simple vista parece un video real. No hay cortes pero tampoco zoom outs. El animal remoja las cerdas del pincel en una paleta previamente empotrada en el bastidor. Van cobrando forma aquellas líneas aparentemente improvisadas: son sólo una silueta, el contorno de un chipote inmenso.

¡El elefante está dibujando un elefante!

Aquella imagen sonsaca a Luis Pastrana. Decide adelantarle al video. Mueve el cursor hasta donde es necesario. La pintura final es un inocente autorretrato. Feo, producto de una congoja, boceto deforme de un elefante con elefantitis. La bestia remata su obra dibujando una enorme flor asida de su trompa, de la misma forma en que sostiene la brocha. En ello habita una metáfora. Pulsa sobre el botón play y ve que también dibuja nubes azules y un sol amarillo. Parece un dibujo con fines psiquiátricos. La gente aplaude y a él se le ponen los pelos de punta. Literalmente: su piel se colma de sí. El video termina y a Luis Pastrana aquello le parece una herida, una señal de algo terrible e inexplicable. Siente miedo. El frío atraviesa la tela de su saco. Apaga el teléfono. Acaba de ver a un elefante que pinta. Que se pinta a sí mismo, que tiene conciencia de cómo es su cuerpo y sabe cómo interpretarlo. Trata de beber lo que queda de la tercera cerveza de un solo sorbo pero aún es demasiado líquido.

—Estás exagerando —le dice la mesera Polly.

Luis respira el humo agrio que sale de su boca. No está desenfocado, como suele suceder. Son claras fieras traslúcidas devorándose unas a otras en ondulada pugna. Hace apenas unos minutos eran ellos los beligerantes pero la lucha era más bien horizontal. Calidísima, la mesera accedió una vez más a ofrecerle el centro del mundo que habita entre sus piernas, la docilidad de sus uñas, sus pies arqueados durante un estremecimiento que destacó entre el resto de estremecimientos. Como costras empapadas, se endurecen sus jaleas sexuales en el colgajo erecto de Luis Pastrana. Un condón anudado, vacío, yace recargado en una pared tapizada con innumerables posters de lucha libre. Llevan al menos dos meses viéndose para coger una vez a la semana.

Pasó puntual por ella. Tomaron el primer taxi que el azar impuso. Su perro les ladró endemoniado desde la azotea. Ella le dijo que no se preocupara, que esta ocasión el animal estaba bajo llave. Se llamaba, Julieto y le lanzaba mordiscos hasta a su propia sombra. Apenas cruzaron la puerta empezaron los besos. Él la desnudó a ella y ella a él.

—Es nada más un pinche elefante al que le enseñaron a pintar —le dice mientras se espulga un trocito de tabaco en la lengua.

Zona Rosa Waitress Reverse Cowgirl Full HD. Luis Pastrana no consiguió chorro seminal. Ahora ella fuma descontroladamente y le sopla en la cara volutas de humo mientras desacredita la obra del elefante pintor.

—Un pinche animalote al que le enseñaron a pintar. No es para tanto. ¿Seguro que estás bien? —pregunta señalando la verga de Luis, aún rígida—. Es la primera vez que no terminas.

—Sí. Estoy cansado. He tenido días duros —Luis se arrepiente de tal selección de adjetivo.

—Te ayudaría con la boca, pero... si te bañas antes.

—No. Así déjalo.

Le escupe otra bocanada. Luis realmente desea que ya se acabe ese cigarro. También Luciana fumaba después del sexo.

—Tuve un novio que si no terminaba se le inflamaba el cuello y le daban fiebres, bien loco.

—Me temo que te estaba tomando el pelo.

—¿Entonces no te veré en un rato? ¿Por?

—Viajo.

—¿A dónde viajas?

—Alaska. Al concierto de Biuti Full. Seguro hasta tú votaste para mandarlo hasta allá.

—Su Majestad El Biuti es chido. Me gusta la de "Orto Grafía".

Ella acomoda su mejilla helada sobre su pecho; escucha aquel corazón. Julieto no cesa de ladrar. Luis quita el cigarro de entre sus labios y lo aplasta en un cenicero lleno de colillas de días pasados. No todas tienen marcas de labial. ¡Bah!

—Es que el problema no es tanto que el elefante pinte. Sino que hace elefantes. O peor: autorretratos —dice Luis Pastrana, prácticamente monologando—. Incluso eso no es lo que me preocupa del todo. Imagínate que los animales desarrollaran la capacidad de apreciar el arte. Imagina que otro elefante o un gato o una cobra, contemplara la pintura. Y que le gustara. O peor aún: que no le gustara. Es abominable. Así ya no juego, oye.

—Ya hay de todo. ¿No has visto al perro que dice *i love you*?

Ella juguetea con el pezón de Luis, pellizcándolo. Baja esa misma mano lentamente y hasta tomar la erección debajo de la sábana. Sábana delgadita como hoja de Biblia. Afuera, los árboles son manos de falanges abominables.

Julieto no lo dejó dormir en toda la noche. Sus ladridos se escuchaban en el techo de aquella pieza apestosa a cigarro. Sus ladridos y sus pisadas apresuradas y en círculos. Toda la noche, Rey Misterio lo señaló desde el rincón de la pieza con el dedo índice, regañándolo. Hubo otros dos condones debajo del luchador pocho. Luis, en todo caso, no se vino. Le duelen los huevos, como si hubiera vomitado muy fuerte. Cuando ella se despertó en la mañana ya no hubo intimidad alguna; adormilada y semidesnuda, le anotó su teléfono en un cacho de papel. "Como en el siglo pasado", le dijo él a manera de despedida. "Pues para que ya no tengas que ir al bar, si quieres verme o mandarme selfies desde Alaska, ése es mi cel." Dobló el papel en dos y lo metió en la bolsa interior de su saco, el que tiene el fondo roto. Se despidieron con un impersonal beso de ombligos. Luis recorrió calles casi pavimentadas en busca de la estación de metro más cercana. Al parecer incluso cruzó el periférico por la parte de abajo. Los autos que recorrían veloces el segundo piso le parecieron estruendosas aves fugándose.

Sin embargo ya, ahorita, está Luis Pastrana esperando a que pase el metro que lo regresará al centro de la ciudad. Camina en el andén, también dando vueltas como Julieto. Le urge un desayuno. Un desayuno chingón y avanzar. Siente sus ojos llenos de pelusas nuevas; pestañear le es tan doloroso como carcajearse por largo rato. No quiere pensar, así que lee los anuncios en el pizarrón informativo. Recomendaciones para prevenir la anemia infantil. Invitaciones a obras de teatro al aire libre. Publicidad de Neuróticos Anónimos. ¡Pinche Edad Media 2! También hay cuatro anuncios de gente extraviada. Puros viejillos sin señas particulares. ¿Sin señas particulares? Hasta eso acaba uno extraviando. ¿Cuáles habrán sido las señas particulares de Lucas?

¿Lucas? Vaya nombre estúpido.

Entran veloces y en direcciones opuestas los dos trenes. Todo lo que estaba en santa paz se sacude. El rechinido de los frenos angustiados no permite que pensamiento alguno despunte. Luis Pastrana se clava audaz en el vagón, elige asiento e involuntariamente se lleva su dedo índice, que aún huele a la mesera Polly, a la nariz. Cruza un enorme tramo de ciudad en doce estaciones de metro. Sale a la superficie y se mete a un Vips. Ordena un desayuno en paquete que llega a los pocos minutos. Le dice a la garrotera que si no desea quedarse un rato con él pero ésta le comenta que no se lo permiten y se aparta con simpáticos pasitos apresurados. Otra mesera, que parece Benito Juárez, cumple con el resto del servicio. Huevos con chorizo. Jugo. Papaya, para obrar satisfactoriamente. Suena el teléfono. Un mensaje de audio de Lola, la chica de producción.

"¿Ya viste las noticias? Googlea Biuti Full pingüinos y me marcas. Urge."

Luis le pica a la casilla de búsqueda con el borde de su uña mal cortada. Teclea: "Perro que dice *i love you*". Aparece dicho video como primera opción. Lo observa. Nada espectacular. Un animal cuyos ladridos podrían ser interpretados como palabras en inglés. O no. La mascota brinca emocionada, tratando de alcanzar una croqueta. *I wuv yu*, atina a chillar en dos patas. Es probable que el audio incluso esté manipulado. Luis devuelve el aparato a su bolsillo. Se alimenta desinteresadamente y en desorden. Los huevos saben a refrigerador, el jugo fue hecho antier, la fruta está buena pero demasiado fría. Comer es como bañarse. Apesta.

En su plato de papaya hay una piña polizón.

Ahí, en medio de la fila de rodajas. Amarilla, dura y despeinada. Es puro corazón, incluso. Imposible determinar qué mecanismos activan o desactivan los sentimientos interiores de Luis Pastrana pero en ese momento se pone a llorar incontenibilemente.

Como asistir al teatro y notar que los actores tienen prisa por interpretar su papel para irse cuanto antes al hogar para mimar un gato o ver tele en pants, así siempre le ha parecido la vida al joven publicista. Siente que actúa que llora. No recuerda una ocasión en que no haya sido así. No consigue visualizar mentalmente a su hijo; piensa en sí mismo de niño. Odia eso. Deja de llorar con la misma soltura con que arrancó a hacerlo.

La gente se interpreta a sí misma, todo el tiempo, pero a las carreras.

El Teatro del Mundo, le llama él.

Un trozo de piña en un plato de papaya.

Cuando Luciana y Luis más se amaban era bastante común que les pasara eso. Adentro de una bolsa de cacahuates japoneses les salía un cacahuate enchilado. Uno. Huérfano ahí. O extraviado más bien. Un Cheeto en la bolsa de Quesabritas. Realmente rara vez comían chatarra. Otros ejemplos: una vez en un libro les salió una página que no correspondía a ese libro. En el paquete con la temporada ocho de *Friends* les apareció el DVD de *Armaggedon*. En otra ocasión, la más relevante de todas, les salió una goma de mascar adentro de una cajita de condones. Les dio mucha risa. Carecía de sentido. En esos tropiezos de fábrica veían una señal divina. Eso eran ellos uno para el otro. Un pedazo de lindo azulejo amarillo que nada tiene que ver con el ejército de aburridos azulejos color aceituna en un baño sucio. La imposibilidad del amor en un mundo tan pinche feo, tan amargamente uniforme. La vida: pinche pero dispareja.

2009. Sábado. Ese día era la marcha del orgullo gay. El evento agarró por sorpresa a los escritores pero prefirieron no cancelar la sesión. ¿En qué consistía el taller de creación literaria? Los integrantes llevaban un texto de su autoría y unas cinco fotocopias del mismo. Se leía el material en voz alta y después lo comentaban entre todos tratando de ignorar el sonido de las batidoras y la charla de los demás comensales. De alguna manera, el maestro cerraba la sesión recomendando lecturas auxiliares, haciendo chistes y provocando rencillas. Un taller de creación literaria, pues. Palabras de Luis Pastrana: es como en alcohólicos anónimos, sirve para ver que uno no está tan de la chingada en comparación con los demás. El primer poema que leyeron en esa reunión no era tal cosa. No era nada. Palabras festivamente tecleadas con su tanda de repentinos enters para hacer la finta. Rodeando calles cerradas, Luis Pastrana llegó ligeramente tarde a la sesión así es que sólo escuchó el final en la voz temblorosa e infantiloide de aquella alumna nueva. Recuerda vivamente que los versos de dicho poema mezclaban expresiones mexicanísimas como "chale" o "qué oso" o "méndigo tlacuache" con los hallazgos más pomposos que ofrecía la función de sinónimos en la computadora. Clic izquierdo y todos somos poetas. El intento de versificar al mundo duraba exactamente lo que dos hojas tamaño carta pero aun así era asaz agotador. Uno no sabía si aquello trataba sobre aborto, la lluvia o una mujer despechada cuyo sexo era una "fregona batalla de gladiolas". El epígrafe, de Bolaño, estaba muy bien seleccionado.

—¿Alguien quiere comentar este poema? —preguntó el maestro.

Aconteció un silencio incomodísimo. Olía feo el ambiente. A mierda. Detrás de las ventanas se escuchaban trompetas y música electrónica. La mesa alrededor de la que estaban padecía ligeros temblores provocados por el peso y paso de la muchedumbre gay allá afuera.

—Susana, ¿qué opinión te merece este poema?

—Es que. Bueno. Yo no sé nada de poesía, maestro. Me cuesta mucho trabajo… —respondió la alumna más aseñorada del grupo.

—A mí me gustó —agregó llanamente un joven enjuto y retraído, que parecía que más bien estaba opinando acerca del nuevo sabor de papas adobadas.

Este hombre, Filiberto Casitas, ya ebrio imitaba a varios escritores. A la primera copa arremedaba a Octavio Paz, dos después a Mario Vargas Llosa, en los albores de la peda a Julio Cortázar y cuando estaba hasta sus huevos a Borges. Realmente el único que le salía bien era Paz. Y no sólo eso, cuando empezaba a interpretarlo, llegaba a conclusiones estéticas y opiniones que normalmente no tenía ni podía siquiera articular. Hasta su corpus lingüístico crecía. Se transformaba en una suerte de inexplicable sabio. Le decían: "Octavio Pus, ¿qué opinas de Alfonso Reyes?", y él, como si le hablara a una cámara de Televisa imaginaria, respondía prepotente y genial: "A Alfonso Reyes le estorba su monumento". Esta circunstancia les parecía desopilante y el maestro fomentaba tal dinámica. "¿Cuál es el papel de la literatura en el mundo?", preguntaba alguien. Y él, agitando la mano en círculos: "El héroe, el asesino, el amante, el mito, la leyenda, la palabrota, la expresión que pronuncia casi a pesar suyo el niño que pelea por la sopa, el refrán, el jirón del grito. En fin. No hay poesía sin historia pero la poesía no tiene otra misión que trasmutar la historia". Y todos aplaudían. "La vida es un árbol de pájaros", decía

Filiberto imitando a nuestro amanerado Nobel de Literatura, "yo quiero ser ese árbol...".

—Qué opinión tan completa, mano ¿Nadie más? Okey, me arranco y más tarde incorporamos los comentarios que vayan saliendo. Antes que nada te tengo que decir que en textos como el tuyo se agradece mucho la brevedad —dijo el maestro quitándose las gafas—. Te voy a suplicar que en este momento pienses en un bolillo. No hay objeto más exacto en su longitud que un bolillo. Así debe de pensar uno sobre sus textos literarios, como algo perfecto a lo que no se le podría añadir ni quitar nada. Nadie ve un bolillo y dice insatisfecho: "Ay, no, a éste le sobra migajón", ¿sabes?

El maestro, Josefino Pajuz, era un escritor en climaterio cuyos libros desde hace algunos años venían con una fecha de caducidad muy próxima. Su miedo de juventud ahora no se le presentaba tan catastrófico: ser olvidado en vida. Escribió lo que le fue humanamente posible y comió a veces sí y a veces no de la literatura y sus organigramas. Además sus dos hijas eran chefs. Las que fueron sus tres esposas estaban ahora bajo tierra. Con un método muy poco académico se había ganado el respeto de sus cinco-seis alumnos, siempre apoyado en una semblanza llena de juegos florales y premios otorgados por instituciones ahora inexistentes. Cobraba cien pesos la sesión. O un pomo. Era, pues, un vivo ejemplo de cómo sobrellevaban la vida los escritores antes de los tiempos de internet. Era admirable la capacidad del maestro de improvisar paralelismos entre superficiales cuestiones literarias y los objetos dispuestos en la mesa. Esa tarde de sábado, una de las alumnas les había llevado un par de piezas de pan dulce que ella misma había cocinado. Un poema es un bolillo. Hace una semana un poema era el juego de une-los-puntos que forma el azúcar al caer. Hace dos semanas un poema era un café descafeinado. Luis Pastrana, que ya llevaba dos años asistiendo a esas sesiones, podía prever lo que el maestro diría a continuación.

—Sin embargo tienes que aspirar a la claridad. A eliminar todo lo que sobra. Así como hay mujeres que se quitan los pelos que tienen entre las cejas, un autor debe espulgar sus textos, agarrar las pinzas y eliminar delicadamente todo lo que sobra...

A la cafetería entraron varios hombres vestidos como bailarinas de ballet. El abultado vello corporal debajo del leotardo llamaba mucho la atención de todos en la mesa. Luciana estaba muy nerviosa. Antes de leer les advirtió que era la primera vez que mostraba en público algo de lo que escribía. Le sudaban las manos profusamente. Aquel anciano con ojos inyectados en sangre y olor a cojín polvoso no dejaba de hablar. Luciana hubiera querido levantarse y gritar "ya sé que no soy Hemingway". Jamás debió asistir. Siempre es lo mismo. Como si fueran enchiladas escribir una línea. ¿Por qué demonios no se puede contratar lectores en la Sección Amarilla?

—Por ejemplo, checa este verso en el que pones arrobas en lugar de letras "a". Yo entiendo que éste es el mundo en el que viven ustedes hoy: lleno de cuestiones electrónicas y tecnicismos. Sin embargo, ¿no te sientes un poco boba cuando tecleas la palabra "Wikipedia" o "chatear"? En doscientos años cuando analicen tu trabajo poético van a tener que incluir demasiados pies de página; además, son palabras en inglés a las que cuesta demasiado trabajo exprimirles ritmo, ¿Luciana, verdad?

—Sí. Luciana.

"Se llama Luciana", pensó Luis. "Posee una pureza que no había visto en siglos".

—Bien. El corazón de cada poeta late a una velocidad distinta. Tienes que conseguir traducir ese ritmo íntimo y propio en la poesía que escribes. Y dudo que versos como "te stalkearé hasta el fin del mundo" hablen de lo que realmente llevas adentro de las venas, ¿sabes? Escribe de lo que duele. El único objetivo de la literatura es crear una herida y que ésta sea tan honda que termine doliéndole a todo el mundo. ¡A todos!

Entraron dos Iron Man con el culito al aire, un sensual Thor prieto y un Wolverine panzón con penes de goma en vez de garras. Todos llenos de serpentinas y ecos del relajo. Luciana traía un vestido color perla y zapatos de gimnasio, no usaba sostén y presumía el largo de su cabello recogiéndolo en una trenza ágil.

—Además, cuando uno escribe de la friendzone y los mails corre el riesgo de perder vigencia muy rápido. Todavía hace unos años las madres decían que los niños de hoy en día ya venían con chip integrado, ¿te acuerdas? Como ya no se usan los chips, se dejó de hablar de ellos, la expresión es anacrónica. No dice ya nada. Es pavoroso el vértigo con el que se vive hoy en día, querida.

Luis alzó la mirada y vio sus ojos: le parecieron dos retoños a punto del llanto. Ella le sonrió. No era coquetería. Era el escudo inefable de su natural belleza. Se sentía vulnerable y por eso empezó a buscarle la mirada al alumno que le quedaba enfrente. Ya no quería estar ahí. Ya no quería estar ahí.

—Prosigo y si alguien quiere interrumpirme hágalo con total libertad. Noto en estas dos páginas tuyas un general ímpetu por escribir, ganas de escribir, de traducir al mundo en palabras. ¡Es más! Para continuar con la metáfora del pan: a tu material le pasa como cuando aún no abren una panadería pero el cálido aroma del pan recién hecho ya se huele desde afuera y uno está emocionado esperando a que abran, saboreándose el bocado…

Fue entonces cuando más empezó a oler a mierda. Horrible. Penetrante y ocre. Luciana notó con inquietud cómo los homosexuales haciendo fila por un latte, disfrazados de indios y vaqueros, hacían cuatros o levantaba las suelas para revisar si habían sido ellos los que la habían pisado.

—Tienes madera, Luciana. No te desanimes. Realmente lo único que un escritor necesita es paciencia, disciplina y humildad.

Te suplico de hecho que no te desanimes —dijo el maestro al instante en que le llegó la pestilencia y arrugó la cara—, la literatura es una interminable fila de ecos. Y si queremos formarnos en esa hilera primero tenemos que entender cuál es el grito originario. Si puedes compra estos libros y léelos, si no los encuentras o están muy caros me avisas y yo te presto mis ejemplares. Vivo no lejos de aquí.

El maestro escribía en una servilleta *El arte de la poesía* de Ezra Pound y *Canciones para cantar en las barcas* de Gorostiza cuando uno de los alumnos, el más callado hasta ahora, un chico como de veinte años, tuvo una amenaza de vómito. Realmente era incómoda la peste. Todos se cubrían la nariz con la manga del suéter. A Luciana lo de la fila de ecos le había hecho mucho sentido, posteriormente usaría tal metáfora para atacar las insistencias creativas de Luis.

—Ahora si me lo permiten, voy a echar una firma —dijo el maestro y se puso de pie rumbo al baño.

Luciana se sentía ofendida, humillada y además sabía que el maestro tenía razón. En su caso la poesía era un berrinche, un paliativo, un pasamanos en la escalera. El olor a mierda era penetrante. Sofía, la alumna aseñorada, señaló hacia el pie del maestro y todos descubrieron que iba dejando un rastro de mierda. Una plasta café se agarraba con uñas y dientes a la suela de sus raídos bostonianos. Rieron todos. Se soltaron las narices, aliviados.

—¿Estás bien? —le preguntó Luis a Luciana.

—No.

—Ánimo. Tu epígrafe es lindo. Es algo que responde Bolaño en la entrevista que le hicieron meses antes de morir, ¿no?

—Sí.

—¿Fumas?

—Nada.

—Yo tampoco. Acompáñame afuera —exclamó emocionado—, tráete tus cosas.

Los demás alumnos los vieron abandonar el sitio. La ciudad era un antro sin cadenero. Sobre Paseo de la Reforma había una algarabía promiscua de hombres con disfraz de marinero, travestis exaltados brincando arriba de carros alegóricos, lesbianas brabuconas tomando cheve en la banqueta y una peluca púrpura bañada en diamantina flameando a lo alto de un asta de bandera. Los policías reales se confundían con los hombres disfrazados de policías. Gente en bata repartía tiras de condones solemnemente. Sólo con referir este breve tramo de comparsa podría uno imaginarse la estampa completa.

En medio de este entorno Luciana y Luis se besaron frenéticamente. Ella necesitaba recuperar la seguridad en sí misma cuanto antes así que le dijo que su estudio estaba cerca de ahí. Él notó que eran prácticamente de la misma estatura.

Fotos de su infancia hay muchas pero, el único registro audio-visual que existe del niño que Luis Pastrana fue, es una graba-ción que ya ni siquiera está en sus manos. No pasó la inclemente aduana entre el VHS y el DVD. Se trata de una fiesta infantil que alcanza salvaje apogeo en una alberca de pelotas llena de cha-macos descontrolados. Su presencia a cuadro no suma más de tres segundos. Cuando lo vio ya de grande, hace unos años, fue un enfrentamiento aterrador. ¡Ése de ahí soy yo!, exclamó asombrado. No había tantas opciones en aquel entonces: o te peinaban de honguito o casquete corto militar. En su caso era la segunda opción, como una tuna cuadrada y orejona. En el video emerge de entre las pelotas multicolores. Es el día más feliz. Le arroja una pelota verde al camarógrafo haciendo gala de un pésimo tino aún vigente. Y eso es todo. Un niño de cua-tro años que en ese momento pensaba que a lo mejor existían los ríos de pelotas, los mares de pelotas, los océanos de pelotas. No estaba tan errado: una cadena de ADN es una escalera de pelotas, ¿no? Trae puesta una playera púrpura con King Kong a lo alto de su rascacielos, rubia en mano, y una frase en idioma inglés cuyo significado en aquel entonces no le fue posible de descifrar. Era la onomatopeya de un gruñido bestial.

Luego, ya lo dijimos, se extravió el cassette. Y ahora piensa en su hijo muerto y lo imagina así, en esa alberca, con esa prenda estúpida y con esa alegría aún más estúpida, una sonrisa que no le cabe en la cara. Pero muerto. Muerto y con los ojos color charco de tres lluvias que heredó de Luciana.

Lucas. Lucas Pastrana, es decir burdo, malhecho.

Luis Pastrana siguió asistiendo al taller de creación literaria durante dos años más. Hasta que se canceló porque al maestro Josefino Pajuz, de la noche a la mañana, empezaron a olvidársele las cosas.

Tempus fugit, piensa Luis Pastrana y le marca a Filiberto Casitas para preguntarle qué ha sabido del maestro. Coinciden en que sería buena idea ir a visitarlo. Sin ser los mejores amigos del mundo, se quedan de ver en metro Miguel Ángel de Quevedo. Juegan a "encuentre las diez diferencias" apenas se reconocen a la distancia aunque la verdad tampoco ha pasado tanto tiempo como para que despunten las patas de gallo y las entradas en la frente. Después de un abrazo quizá muy exagerado, entran al viejo piso empedrado de la Chimalistac poniéndose al día y cuidando de no torcerse un pie. Luis Pastrana ya no está con Luciana desde hace mucho (no le cuenta lo del hijo muerto aunque sabe que necesita escucharse hablando de lo sucedido con alguien, ¿qué palabras usaría para dar pie al tema?), abandonó su inexistente vida literaria y le va bien en la chamba de agencia, en una semana se va a Alaska, promete souvenirs. Filiberto Casitas publicó su primer libro de ensayos sobre literatura oriental contemporánea, se intitula *Ensayo en soya*. Luis no puede determinar si eso es o no es un chiste. Ése es el problema con los autores mexicanos vivos.

—Mi padre ya no reconoce a nadie. Puede ser que los confunda con alguien más —les advierte una de las hijas del maestro.

—No se asusten si eso ocurre —agrega la otra—. Les agradecemos mucho que hayan venido de todas formas.

La casa es un eterno desasosiego. A donde uno coloque la mirada hay libros apilados sin cariño, artículos decorativos que ya no decoran nada y pequeños objetos cuya historia late quedito bajo una capa obscena de polvo. Sin embargo, huele delicioso, a comida recién hecha. Luis piensa en pescado. Filiberto en pasta. Ambos están equivocados. Aquel aroma contrasta con el estado derruido del hogar aunque realmente ahí todo desentona cínicamente. Luis nota que en las superficies tapizadas de suciedad hay marcas frescas de dedos pequeñitos. Todo a su alrededor lleva implícita la presencia nueva de un niño descubriendo cosas que son juguete, objetos que no lo son y que pueden serlo a escondidas. También le llaman la atención ciertos desacomodos: cuadernos en el suelo y abiertos boca abajo como pájaros reposando, sillas dándose la espalda, máscaras vueltas hacia afuera como calcetines. Parece como si a la casa le hubieran metido juguetonamente un hielo en la espalda. La habitación del anciano está en el segundo piso. Suben. Lo encuentran recostado en su pieza. Ha subido abusivamente de peso y un salpullido seco le castiga la piel del rostro apenas si cubierta con la barba que se le acumuló. Hace pensar en el Neptuno de azulejos al fondo de una piscina allende abandonada. Tiene en las manos varias jacarandas a las que exprimió el líquido blancuzco. Y, naturalmente, los dedos manchados de color violeta. Arriba de él, como una estrafalaria corona, está el librero del que tanto presumía y habló en entrevistas que no están en YouTube. Decía que cada que un libro le conmovía el alma lo colocaba en un mueble incrustado arriba de su cama, esto con la ilusión de que un día fueran tantos los ejemplares ahí contenidos que el librero no soportaría y se vendría abajo, asesinándolo mientras soñaba con su primera esposa.

—Maestro, ¿se acuerda de nosotros? —es lo primero que dice Luis Pastrana, arrepintiéndose de inmediato, sintiéndose tonto y fuera de lugar.

Las hijas se quedaron en el piso de abajo. Aquel hombre que trató de contagiarles su pasión por la palabra escrita se les queda viendo como se observa a una mancha de mole que ningún detergente eliminó. No pestañea, menea la quijada masticando comida invisible, su osamenta es demasiado evidente, el rostro y sus gestos capitales ya sólo están como cosidos en aquella calaca. Hay una bacinica en el suelo, dos tomos de un diccionario en tres tomos.

—Somos Luis y Filiberto, maestro.

La reacción de su otrora perito es nula. El hombre se incorpora con una agilidad casi ficticia y pasa frente a ellos como entre dos muebles que siempre estuvieron ahí. Se detiene frente a una pila de libros que nace en el suelo, toma el ejemplar de hasta arriba, lo abre haciendo abanico y extrae el separador. Hace lo mismo con otros dos libros de la torre. Luego regresa a su colchón y rompe los separadores en pedazos. Uno, plastificado, permanece íntegro entre sus manos convulsas. Ellos no saben que hacer. Luis Pastrana piensa que no sería mala idea revisar qué libros pueden llevarse consigo. De todas maneras, las hijas van a venderlos por kilo. Prefiere ver si Filiberto es quien propone el inocente hurto. Hace calor pero tienen frío.

—El muchacho que camina por este poema es el hombre que lo escribe —dice Filiberto Casitas haciendo su imitación de Octavio Paz.

No hay reacción inicial. De repente, es como si el sol saliera por detrás de la nuca del viejo escritor enfermo. Sus ojos recuperan disposición de gelatina, mira a sus dos interlocutores. ¡Le caben en un abrazo! Sonríe sin dientes. El maestro le dice, pausadamente, a Filiberto:

—¿Sabes? En más de una ocasión soñé contigo.

—¿En qué consistía el sueño? —se entromete Luis Pastrana, emocionado.

—Estaba yo en un hospital. No sé por qué estaba ahí. Algún chequeo rutinario, ya sabes cómo se van poniendo las cosas. Entonces, en el sonido que hay en los hospitales y que es una copia de la voz de dios en los supermercados informando sobre descuentos en salchichas, se escuchó clarito que necesitaban donadores de sangre de ciertas características en el cuarto, no sé, ¿cuarto 203? ¿Hay números en los sueños? ¿Hay cuartos en los hospitales?

—Es un desierto circular el mundo; el cielo está cerrado y el infierno vacío —agrega Filiberto Casitas completamente metido en personaje.

—Yo corrí, hasta la habitación referida. Ahí, me enteré de que la sangre era para ti, Octavio, habías sufrido un accidente. No lo pensé dos veces. Eso mismo lo soñé en distintas ocasiones a lo largo de mi vida. Te veía coronado de flores en tu cama de hospital y no te parecías a ti, al que eras cuando te vi en una esquina de Reforma el día del terremoto, eras más bien como en tu mafufa moneda conmemorativa de veinte pesos: joven y europeo, reedificado.

—Todo es presencia; todos los siglos son este instante —dice astutamente Filiberto.

—¿Y éste? —pregunta ido el maestro, señalando a Luis con el dedo pulgar. En su semblante se nota ya el crepúsculo de todas las cosas.

—¿No lo reconoces?

Entonces Luis Pastrana toma con ambas manos el puño de un bastón imaginario, aprieta los párpados y jala ambos ojos hacia el fondo, concretando además el característico puchero de los ciegos para, con un tono argentino chafísima, decir:

—Che, cuando le toque a la Antártida el Premio Nobel de Literatura se lo darán a un pingüino.

Filiberto hubiera querido zapear a Luis Pastrana pero en ese momento los tres se dan cuenta de que al pie de la cama hay un niño rubio con un gato en los brazos, observándolos atónito. Está vestido de tirolés y a su nariz la tiene arrinconada una explosión de pecas.

—¿Quién es esta alimaña? ¿Cuál de mis hijas me deshonró primero, amigo mío? —le pregunta el maestro a Filiberto completamente molesto y rabioso, incluso se incorpora un tanto empujando con los pies su prisión de sábanas y colchas, sostenido del brazo del falso Paz.

El niño está evidentemente aterrado, actúa como si se hubiera equivocado de sueño. ¿Le habrán prohibido entrar a esa pieza?, piensa Luis Pastrana y busca, en las yemas de sus pequeños dedos blancos, rastros del polvo que extrañaban las cosas del piso de abajo.

—No. No. Tranquilo, maestro. Este chiquito es mi hijo —dice Luis Pastrana y trata de acercar al niño hacia sí. Pero éste sale huyendo no sin antes aventarles un puñado de jacarandas y al gato que, bonito, maúlla por los aires.

El olor a comida se ha vuelto sumamente intenso, más bien provoca asco. Oscurece irremediablemente el rostro del maestro; el librero que tiene arriba rechina. El gato se pone arisco y muerde el brazo del anciano. ¡Ay! Luis lo aparta suavemente y piensa que a esa herida ya no le dará tiempo de sanar.

"Mi hijo", repite Luis Pastrana mentalmente, piensa en el niño que fue. Aquellos tres segundos en la alberca de pelotas.

—Lucila —grita el maestro—, Lucila, quiénes son estas personas en mi habitación. ¡Váyanse! Lucila, ya me tocan mis masajes.

Se escucha en el pasillo a una de las hermanas reprimiendo al chiquillo. El gato se unta en la pierna de Luis. Es un gatito diminuto, seguramente de esos a los que les inyectan químicos para que no crezcan y siempre sean tiernos cachorros. Una de las hermanas entra a la pieza y debido a su corpulencia es necesario que se salgan ellos.

—¡Carajo! Estamos condenados a leer la belleza escrita por difuntos —dice el maestro antes de volverse a sumir en un llevadero estado de costal de papas.

Los dos excompañeros abandonan el lugar sin despedirse. Cruzan la Chimalistac de noche. Las luces amarillas de los faros acá y acá provocan, ahora sí, que despunten las patas de gallo y las entradas en sus frentes. Apenas avistan el metrobús La Bombilla, Filiberto Casitas le reclama a Luis Pastrana:

—Qué chingados con eso de los pingüinos, cabrón.

—¿No lo dijo Borges?

—Que yo sepa, no. Pudiendo citar mil cosas dijiste no sé qué de unos pingüinos. De perdida, no sé, estaba lo de los espejos y la paternidad, el inicio del Aleph, el final de "Los Justos". Había mil opciones antes que tus pinches pingüinos sacados de la manga.

—Oh, chinga, lo leí cuando estaba en la escuela, ya no me acuerdo. Además, que cada uno sea Borges como le venga en gana.

—Dale. ¿Qué te chingaste? —pregunta Filiberto y se desabotona la camisa, sacando un *Lampa vida*, un *El diablo en el cuerpo* y un *Los años falsos*.

Luis se robó al gatito.

El reguetón no es un género. Es una modita, un híbrido, acaso otro magnicidio cultural. Más que un apretón de manos entre el reggae, el hip hop y el rap, es el resultado de tres orinas distintas nadando espumosas en el mismo meadero. El reguetón carece de lógica, de orígenes claros y honestos, de disposición musical. Pobre ritmo sincopado y manipulado electrónicamente para que le resulte pegajoso a las masas. Cualquier ticket de compra de la lavandería es más interesante estructuralmente hablando. Es, básicamente, declamar babosadas cachondas y ponerles encima un ritmito redundante y pegajoso que provoque devaneos masivos, roces multitudinarios y combinaciones inéditas de gente besuqueándose en zonas conurbanas. La razón por la que el perreo fue prohibido en ciertos bares de provincia es que deviene en embarazos no deseados. ¿Cuál es la misión del hombre en la Tierra? ¿A qué venimos? A reproducir la especie. Fin. La palabra "Fin" entre nubes orgiásticas de un crepúsculo majestuoso, aunque destinado al olvido de los crepúsculos. En esa contradicción gravita la paradoja que mantiene al reguetón sonando a tope en cuanta bocina se asome al mundo. Porque sabemos que vamos a morir, creamos cosas.

A grandes rasgos ésa es la opinión que tiene Biuti Full acerca de su humilde trabajo como reguetonero de principios de siglo. La ha meditado y meditado sentado en su hamaca fumando pasto. Sin embargo, es incapaz de decirlo con esas palabras. No brotan de su boca. No se sabe explicar. Es peor que un futbolista. Alguna vez intentó incluso traducir sus ideas en palabras escritas y terminó garabateando una canción de violencia sexual cuyo éxito seguro se tradujo, más bien, en una semana de tremendas fiestas pagadas por Adidas, donaciones al hospital de niños sin piernas y un auto que usó sólo dos veces. Hoy, sentado enfrente de un manojo de periodistas intransigentes que le apuntan con sus cámaras y *flashes*, él se lamparea hasta la jaqueca, le sobrevienen las ansias locas de los últimos días y responde trastabillándose y con un micrófono apestoso a saliva metido en la nariz:

—El reguetón es vida —hace una pausa— bellaca.

Pues sí, de alguna manera resumió sus opiniones en una sencilla línea.

—¿Vida bellaca o vida, bellaca? —pregunta una periodista.

El representante hace una seña con la mano que significa: siguiente pregunta. Al lado de Biuti Full está sentada su buena amiga Dama Stilleto, la *spokeperson* del refresco Fanta. Una cantante adolescente de marranadas pop, famosísima por estrafalaria y cuyo nombre artístico de este semestre es impronunciable pero que suena a algo así como "excess the ass". Desde que se subió a la limosina, Biuti Full notó que ha descuidado mucho su físico. Ella no dejaba de hablar mientras abría y cerraba la ventana del quemacocos, chupándose las puntas del fleco púrpura que le caía desde la frente. No sólo está más llenita: su cuerpo está desproporcionado. Biuti Full prefirió no clavarse tanto, aunque él lo niegue necesita gafas. Claramente le dijo a su representante que no quería ruedas de prensa, pero Pepsi manda.

—La siguiente pregunta es para Xsd du A's —dice trabajosamente un hombrecito alzando la mano.

Biuti Full respira hondo y se recarga en la silla; ignora la pregunta. Se acomoda los lentes oscuros. Los maldice a todos. Ojalá tuviera un taladro gigante para deshacerse de ellos. Bebe agua directo de la jarra. No por majadería, sino porque teme derramarla en el mantel al servirla en un vaso. Servirse un vaso con agua se le presenta como un acto complejísimo, propio de científicos y gente que opera corazones o de dentistas.

Hace mucho tiempo que Dama Stilleto (por cierto, su mote del disco debut) no iba a una reunión de gente viva. Promocionando su último sencillo se le vio reventando en yates y azoteas de rascacielos llenos de maniquíes asoleándose las pálidas carnes, tomando cocteles o en medio de orgías desopilantes e inanimadas. Ella siempre en medio de los armazones, también inmóvil, tomando una soda anaranjada a través de un popote de espirales. A veces se aparece vestida de hombre en las pasarelas de moda, sus pezones han sido trending topic al menos cuatro veces, recogió un premio relevante adentro de un jacuzzi con ruedas lleno de gelatina, en su último videoclip musical da a luz una cabeza de cabra y luego declaró que sus líquidos vaginales son glitter. Acciones todas que devinieron en contratos multimillonarios con marcas de cosméticos, parques acuáticos y el odio de varias comunidades religiosas de Norteamérica. Biuti Full le tiene cierto cariño profesional, admira tanto destrampe y antifaz sinsentido. Ahora mismo viene enfundada en un chamarrón hecho con chuletas engrapadas y al final del evento repartirá tenedores y cuchillos. Sí, ha subido de peso.

—… mi amigo Biuti Full cuenta con todo mi apoyo; sé que sacará, de esta aventura gélida, aprendizajes e inspiración. Paz interior que buena falta nos hace a los del gremio en estos tiempos de ataques constantes por vías electrónicas. Sólo espero que vaya bien abrigado y me traiga una foca.

Todos ríen, pero no es gracioso. Ella lo besa en la mejilla, le deja una mancha azul. Esa rueda de prensa fue necesaria después de las desafortunadas declaraciones que hizo Biuti Full apenas hace un par de días en su cuenta de Twitter. Cuando se enteró de que la localidad elegida por la gente era un apartado pueblo de osos en el Polo Norte, se grabó a sí mismo diciendo que él iría a cantar a cualquier lugar a donde hubiera fans suyos, aunque estos fueran un montón de pingüinos. Que cada uno sea Borges a su manera. En Alaska no hay pingüinos y nuestro desinformado cantautor fue, una vez más, la comidilla de internet.

—¡Biuti! ¿Qué opinión te merece el súbito auge del reguetón romántico? —pregunta una voz a lo lejos.

Biuti Full piensa: una bola de tarados fresoides canta tópicos sexuales encima de tonadas muy muy sobadas, aprovechados, ¡trepadores! La culpa es del puto dembow, la fórmula mágica. El producto se propaga enfermizamente. Jóvenes con la natural efervescencia debajo del ombligo memorizan los retintines y los trasladan a jaleosas andadas con su cuerpo: bailar fingiendo coitos con la ropa puesta. Desde hace un tiempo el gobierno interviene financiando nuevas estrellas siempre y cuando sus líricas hablen de prudencia sexual, encender el bóiler sin bañarse, VIH, comprensión, cariño, amor profiláctico y, aprovechando el viaje, fomento a la lectura. Imaginen a dos chamaquitos perreando. ¿Qué ven realmente?: a una pareja cavernaria ensayando penetraciones. El hombre primitivo no sabía que hacer con sus primeras erecciones, la metía en las axilas de sus amigos, en las plantas y en los agujeros en el suelo. No somos ya ese hombre primigenio. Gozemos, sí, pero usando la cabeza. Ya basta de ser una especie de no deseados. En manos de gente como yo debería estar educar a los más jóvenes e impresionables.

Bueno. Eso piensa Biuti Full del repentino auge del reguetón cursi.

—Sin cojones me tiene —responde, en cambio, cortantemente y, señalando sus seis collares chapados en oro, remata diciendo—: El blinblin no se paga solo, primo.

Biuti Full contiene el temblor de las manos. Parece un púgil perfectamente entrenado que jamás soltó un golpe ni tuvo la necesidad de romperse la madre. Debe navegar con la seguridad que te da un contrato no tan maleable con una compañía refresquera titánica. Trae puesta una guayabera XXXL impresa con una de las Torres Gemelas en llamas. Le urge un vodka tonic bien cargado. Completan su ajuar: pants Adidas verde bandera y tenis hechos a la medida color oro con suelas de diseñador. Biuti en el derecho, Full en el zurdo. Por si pisa cemento fresco o arena de un jardín zen. Se rapó recién tres líneas rectas de occipital a occipital. Francas y encausadas. Como si su cráneo fuera un jersey. No ve nada. Enfrente de él una masa de luces repentinas y colores fuera de foco mutan en otros elementos menos esperanzadores. Como cuando observas un pedazo de pasto y empiezas a notar ligeros movimientos acá y acá. La miopía no le da tregua, al contrario, se ha vuelto más grave. De pronto: Biuti Full observa un pingüino. La piel se le pone chinita. ¿Será que por fin se ha vuelto loco? Se quita las gafas oscuras y aprieta ambos párpados. Los reporteros de hasta adelante notan en ambas oquedades el desvelo acumulado de varios discos y giras desmesuradas. Del lado derecho aparece otro pingüino. Y a la distancia otro más. Blanco con negro. Retozones. Rechonchos. Gigantescos.

—¿Qué opina la marca de refrescos Pepsi de tu desinterés por el bien social?

—La canción "Tu lenwa" fue prohibida en varios lugares del mundo, ¿la tocarás en Alaska?

—¿Es verdad que tuviste una reciente etapa gay?

—¿No te parece irresponsable que tu música sea la causa de que menores de edad queden embarazadas?

—En dado caso el culpable es el cuerpo en sí, *pum, pum,* late a su ritmo —responde Biuti Full mascullando.

Leyó Biuti Full en una notita de internet que el tango argentino al principio era mal visto porque de alguna manera bailarlo era justamente la representación elegante de una cópula. La representación horizontal de un sentimiento vertical, memorizó. Le pareció muy bello eso. Lo ha estado cavilando y quizá meta algo de bandoneón en el nuevo sencillo. Siempre hay un nuevo sencillo. Es desgastante. Los pingüinos se pasean entre las personas; avanzan lentos y refinados. Se hace un silencio de varios minutos. Todos los periodistas están a la espera de ver qué responde al tándem de dudas.

—¿Estás al tanto de las cifras de embarazos no deseados en los países tercermundistas donde más se escucha tu... música? —insiste la periodista.

—Al callao. Si las gatas quieren fuetazo, pues dale, socia, ¿yo? suelto como gabete —responde sonriendo y golpeando la mesa—, o qué, ahora voy a escribir sobre compromisos matrimoniales y el miedo al perro —dice con violencia sardónica.

—Cuéntanos, ¿estás emocionado por tu concierto en Alaska? —pregunta su representante acaparando la atención.

—Mira, cangri, cónsul maimén. Leí hace poco en Wikipedia que los esquimales, cuando andan en el patrulleo, ven hasta veinte tipos diferentes de color blanco. Espero que tengan un museo del color blanco o algo así para que me enseñen a distinguirlos todos. ¡Veinte tipos de color blanco! Qué chévere.

Los periodistas no se aguantan la risa. Los pingüinos aplauden. Biuti Full se siente idiota, víctima de un degradante complot en su contra.

—Fin de la entrevista —dice el representante e invita a todos al pequeño brindis posterior.

La gente se empuja tratando de sacar una última declaración. Biuti Full baja de un salto de la tarima y camina hacia donde uno de los pingüinos está ofreciendo tentempiés y vino blanco. Lo derriba de un cabezazo, gritándole cosas ininteligibles. Cuando escucha el sonido de la charola en el suelo todo se reacomoda. Flashazos, flashazos, murmullos, risas, "Master of Puppets" en la voz lenta y delicada de una mujer, la sangre del mesero escurriéndole por la frente. Su representante lo abraza alejándolo del sitio, tranquilizándolo.

—Demasiada presión —dice el representante—, mi cliente está bajo demasiada presión.

—¡Cuidado! Todos los canapés de mariscos están echados a perder —grita Dama Stilleto aún desde el escenario.

MAIL ENVIADO POR EMILIANO ZAPATA
A OTRA PERSONA QUE TAMPOCO
LE INTERESA A ESTA NOVELA

Me fue imposible esperar a que terminara el mes para compartirte mis hallazgos quincenales, mismos que engrosarán el proyecto que nos hermana, buen amigo, y que en mi mente cada vez va cobrando más forma. Sueño despierto con nuestro enérgico tomo inquietando a las estúpidas mesas de novedades y poniendo entre la espada y la pared a los reseñistas. ¿Estamos ya en los derredores de la página 200? ¡Es un sueño materializado!

Hola, antes que nada. Emocionado te comunico que acá median a mi ánimo las cuatro de la madrugada; he dormido realmente poco en seis días. No le permitiré al mundo descansar de mí más de lo necesario. Tú, ¿qué novedades? Vi en fotos que tu mujer fue aceptada en la maestría anhelada. Enhorabuena, extiéndele mis saludos intercontinentales y honestos.

Paso a lo que nos congrega.

Julian Barnes es un inglés vivo, brillante, razonable e irrespetuoso. Un número relevante de títulos suyos han sido traducidos ya al español. Encontrarás en el texto que inaugura su respetuoso ejemplo de humor inglés, "Una historia del mundo en diez capítulos y medio", una de las participaciones que serán firme columna en nuestra antología. El hombre narra, desde la voz de un animal cuya identidad no revelaré para no arruinarte la experiencia, el viaje del arca de Noé a través del tedioso diluvio universal. La embarcación es a grandes rasgos un refrigerador gigante. Especies enteras dejan de existir al ser devoradas por los que serán los fundadores de la humanidad. Los hijos y esposas de un sanguinario y beodo Noé maltratan, violentan y seducen a cuanta especie animal te venga a la cabeza. Es graciosísimo. Hay una parte en la que la esposa del héroe bíblico decide, así porque sí, que adentro de la cabeza de un animal habita una joya. Así que lo descalabra. Desilusionada rebusca algo brillante entre los sesos. Mis carcajadas incomodaron a los comensales de no recuerdo qué Vips. Barnes, adelantándosenos, consigue pitorrearse del asesinato de animales que ni siquiera han existido sino en la imaginación literaria del hombre. Somos lectores de varias torturas simpatiquísimas a animales fantásticos. Barnes es un genio. Habrá que indagar cuáles son los inconvenientes legales de incluirlo en nuestro compendio, amigo. Conseguir el tomo en inglés y traducirlo nosotros. Si este fragmento no te hace escupir la sopa me doy por vencido contigo. Va. Un par de conejos de Noruega, naturalmente hembra y macho, son atrapados intentando suicidarse...

"Pero Sem los pilló a tiempo y los encerró en un cajón de embalaje. De vez en cuando, si estaba aburrido, abría la tapa del cajón y agitaba un gran cuchillo en su interior. Ésa era su idea de una broma. Pero no me sorprendería mucho que hubiese traumatizado a toda la especie".

Esto, amigo, es un monumento de la literatura universal.

No se queda atrás mi otra colaboración de esta quincena. Del rumano Panait Istrati, quien fuera llamado el Gorki de los Balcanes, te anexo escaneado el inicio de su libro *Infancia y mocedades de Adriano Zograffi*, el capítulo que propongo es incluido en *Codine*. La novela principia con un niño que asombrado observa cómo su tío monta a un caballo que, semental en celo, le hace pasar cierto enojo y por ello lo destripa. El caballo es su fuente única de ingresos. Es como si se hubiera sacado un ojo. Muy tarde y de forma lastimera se da cuenta de su error. El asesinato al animal devendrá en más asesinatos. Tienes que leerlo. Al lado del sueño de Rodia y del capítulo de Malaparte en la sección "equinos", lucirá impresionante.

Insisto en agregar la parte en que los caballos mineros de *Germinal* mueren. Te mando capturado "Los caballos de Abdera" de Lugones. Sigo buscando el cuento de Thomas Mann en que un anciano tortura a su perrito sólo para sanarlo y tener algo que hacer con sus tardes de lunes. Quizá no sea de la autoría del Nobel y por eso se me esconde. Trabajo en ello, cualquier pista es bienvenida. "La Madre" de Svevo, ¿qué con eso? ¿Sí o no? Hay tiempo para decidirlo.

Ah. Déjame hacer de este espacio ocasión para agregar que no estoy de acuerdo con incluir el cuento de ¿Macedonio Fernández? en el que se atormenta con breves cantidades de sol a una planta de sombra. Me da miedo esta sugerencia tuya, te soy franco. No añadamos plataformas tambaleantes a un trabajo tan bien definido. Nuestra *Antología del maltrato animal* lleva en el desnudo título sus hondos y valientes límites.

Tuyo, y esperando réplica antes de que los animales nos invadan en nuestras camas,

E. Z.

MAIL ENVIADO POR LOLA MURO A LUIS PASTRANA Y ÁGATA RODRÍGUEZ CON COPIA OCULTA AL CREW DE LA CASA PRODUCTORA

Chicos, estamos a una semana del viaje al Ártico. Anexo a este mail sus boletos de avión y reservación en el hotel. Chequen que sus datos estén bien; mándenme foto de sus pasaportes y visas *asap*. La ciudad donde haremos base se llama Kodiak, una ciudad pequeña donde literalmente no hay nada. Anexo fotos para que se escandalicen y lleven bastantes libros o juegos de mesa. También anexo una minuta que recapitula los acuerdos de las últimas juntas y la agenda de producción aún no aprobada. Sergio Romo insiste en que podemos sacarle provecho a las pinchurrientas declaraciones de B. F. (ayer tuiteó que gracias a su música la gente en el mundo tiene relaciones sexuales). Pongamos chonguitos para que no sea una diva asquerosa. Nuestro cliente está tirando la casa por la ventana. Hay que entender una cosa: a nadie allá le interesará nuestra presencia así es que todo será una mentira elaborada. Llegando habrá un comité de bienvenida con indios locales y música regional. Aparte de eso, todo será falso y maquillado. Estamos llevando muchos extras para lo que se necesite. Ya estando allá veremos qué tanto se puede filmar un testimonio del concierto al que se le vean los calzones lo menos posible.

Hay, pues, tres cosas importantísimas que tomar en cuenta.

1. Este lugar está en medio de la nada. Para que el concierto se vea medianamente lleno necesitamos llevar al menos 300 extras. No pueden ser norteamericanos porque el papeleo legal complicaría todo y las fechas están encima. Sale

más barato llevar a trescientas personas mal pagadas desde el DF. Ya están seleccionadas.

2. El issue de los pingüinos. Estamos viendo si podemos rentar pingüinos entrenados. Será un lío encontrar a tantos. Es probable que tengamos que clonarlos en posproducción o comprar imágenes de stock e intercalarlas lo mejor posible y ver si con trucos de edición damos el ancho. Esto está del lado de Pepsi. Se habló incluso de llevar un lote de pingüinos de Galerías El Triunfo.

3. Queda pendiente qué envase de lata usaremos, si la nueva imagen aún no aprobada por Internacional o el diseño anterior. Te encargo que presiones, Ágata. ¿Hay que mandar a hacer dummies? Si la respuesta es "sí", estamos en llamas.

Disfruten estos últimos días en la ciudad, coman pozole, asoléense. Nos vemos el lunes, tres horas antes, eh, ya directo en el aeropuerto. Yo les llevo desayuno y café. Ya lo tienen todos pero dejo aquí mi cel por cualquier imprevisto.

Lola Muro
Directora de Producción

MAIL ENVIADO POR EMILIANO ZAPATA
A ALMA DELIA

El asunto de que tu hermana no sea tu hermana no tendría por qué preocuparnos tan dramáticamente. La familia es, acaso, una estrategia de la naturaleza para que no nos apareemos entre parientes y debilitemos con eso los genes. También por eso en los actuales tiempos de explosión demográfica hay más homosexuales y lesbianas, pero no quiero desviarme del tema tan agresivamente.

Adán y Eva eran hermanos, ¿no?

El dios del Antiguo Testamento era un libertino y el linaje, un desbarajuste. La familia es una superstición. Recuérdame extenderme en esto en futuros correos; no poseo el don de la claridad desde que el patio de mi casa fue invadido por grupos de animalistas y sus pancartas. Agh. Cantan, Alma. Riman mi nombre con consignas en contra de la feria taurina. ¡Imbéciles borregos!

Retomo. También tengo una hermana que se destaca por tener poliomielitis en el alma. Créeme que entiendo tu frustración. Cuando ves que la dichosa sangre de tu sangre se colorea el cabello como si fuera un algodón de azúcar, empiezas a dudar de ti mismo. ¿Tu hermana miente? Qué bueno. Su mal no dista de ser el del mundo. Piensa que la caja de Pandora es un tóper en tu refri que hace mucho no lavas. No hay verdaderos actos de maldad ni esperanzas avasalladoras. Cada quien tiene en las manos la posibilidad mágica de construir una ética personal a lo largo de sus días terrenales. Como yo lo veo, tienes una hermanastra desmadrosa, que se rehúsa a entender que existen límites básicos de convivencia. Mi consejo es que la sometas a diminutos suplicios de los que ella no se enterará. Escóndele todos los zapatos izquierdos o ponle diferentes nombres a las canciones en su compu. O llena un revistero en el baño con inmensos tomos de literatura clásica. Cosas así. Hazla sentir idiota. Cómprale un perrito y a los cinco días aviéntalo por la ventana.

Agitado,

E. Z.

Luis Pastrana se durmió tarde y se despertó temprano, con costras de vino barato en los labios, el interior de los cachetes plagado de ámpulas, moretones incongruentes en todo el cuerpo y el gato bebé debajo de la cama lloriqueando de hambre. Qué angustiosamente difícil es no ir a trabajar, no tener nada para hacer en todo el día. Hay un pájaro que vuela en busca de su jaula, ¿quién dijo eso? Tolerar un empleo es un castigo divino, una sanción milenaria por comer el fruto de la sabiduría. Eso se sabe desde las primeras páginas de la Biblia. Sin embargo, algo hay de paradisiaco en llegar de una jornada laboral pesada y quedarse dormido frente a una pelea de box entre multimillonarios analfabetos o una película de detectives zoquetes. Siempre ha pensado Luis Pastrana que el cansancio es la más grande de todas las virtudes y uno de los pocos beneficios que se sacan de vivir en una era tan gacha pero con tantas opciones de agotamiento certificado.

Ya suma tres días durmiendo apenas si por un pelito. Sale en pijama a comprar algo para desayunar. Regresa con unas sincronizadas, yogurt e, irónicamente, una manzana. Comer sin hambre, esa condena no la impuso el dios del Antiguo Testamento. Siente los ojos como si fueran de un santo, demasiado presentes y tiesos. Pasa la siguiente hora acostado en el sillón, con la laptop en su panza y observando con morbo videos de hombres pidiéndoles a sus novias que se casen con ellos en los que la respuesta es "no". Hay unos muy elaborados. La mayoría son gringos adolescentes en comedores de universidades. Chavitos que lloran y suplican un poco de amor eterno a una cheerleader. También hay varios que acontecen en las gradas de estadios de diferentes disciplinas deportivas; en esos casos los rechazos son televisados en una gigantesca pantalla para el escarnio y la burla del gentío.

Al mismo tiempo, Luis Pastrana tiene encendida la tele. Ahí, un hombre disfrazado de payaso harapiento lee las noticias. Le sube a la barra de volumen para incomodar a sus vecinos que lo despertaron con sus licuadoras y niños rumbo al colegio. Al payaso lo rodean mujeres en microbikini cuya cara no aparece a cuadro: son cuerpos voluptuosos untados en grasa. El pronóstico del tiempo lo da un fraile con la nariz enrojecida por la gota. Pinche locura. La Edad Media 2: El Regreso. Día nublado en el valle de México. Una vez más hay contingencia ambiental y se recomienda no hacer ejercicio en lugares públicos, usar cubrebocas, permanecer en casa y rezarle sus plegarias al Señor, dice el monje agarrado del talle de una de las edecanes.

Al lado de un bello lago artificial, un pelirrojo calvo se arrodilla frente a su chava, anillo en mano. ¿A los pelirrojos les dolerá más quedarse pelones? ¿Será que pierden algo más peculiar, algo más único?, medita Luis Pastrana. La novia se aparta de inmediato horrorizada, le dice que "no" a gritos pero intenta ayudarlo a incorporarse. La gente alrededor se entromete. "Dile que sí aunque no", grita una comadrita. Él lloriquea cubriéndose la cara. Los que van pasando le ruegan que le diga que sí, a gritos, como turba, cada vez hacen un círculo más pequeño. Ella hace cara de fuchi; quiere salir huyendo. Él toma el anillo y se lo avienta a la cara, ella sangra justo debajo del ojo. Las mujeres anónimas empujan a la chica hacia adelante y el novio en su intento por defenderla le da un codazo a una mujer cuyo marido, salido de la nada, trae un bate de beis. El video se detiene. Está cargando. Maldito internet anticlimático.

El payaso informa que la cantante Dama Stilleto fue hallada muerta en su departamento en Miami. Al parecer fue víctima de un suicidio. Esas son literalmente las palabras que emplea el informante. Anoche, antes de dormir, se metió todo tipo de pastillas y somníferos. Todo mundo notó que últimamente había subido mucho de peso. Apenas la noche del sábado pasado se burlaron de ella en *Saturday Night Live* en un sketch. Había memes festejando su obesidad repentina. Se dejó ver comiendo donas y formada adentro de una calabaza gigante en el Automac. El mundo de la música está de luto, dice el payaso, albureando al espectador antes del corte a comerciales con aquello de que la dama ya está tiesa. Pasan las últimas imágenes que hay de la cantante. Ah, pues justamente al lado de Biuti Full en la rueda de prensa de hace unos días.

Quisiera que hubiera un video en internet en el que Luciana le rechaza el anillo afuera de Bellas Artes. ¿Casarse? Jamás dieron ese paso. Ni se habló siquiera. Eran felices cuando ella desapareció inexplicablemente con un alma de cuatro meses en el vientre. Una uva con codos. Un acento mal puesto. Lucas Pastrana, un producto. Todavía un día antes de su huida estaban hablando de la posibilidad de hacer una familia juntos. Nada tiene sentido.

Hablando de productos. En la tele: procesión de comerciales. Primero ofertan el Tigres vs. Tijuana, luego una pasta de dientes que brilla en la oscuridad, luego un político exfutbolista en huelga de hambre, luego condones con picos, palomitas de maíz sabor alitas BBQ, pizzas sabor hamburguesa y chicles sabor kriptonita, un parque de diversiones del terror, "No es otra pinche pendeja puta película mexicana: próximamente en cines", otra vez el Tigres vs. Tijuana. ¡Mexicanos al grito de gol!

Luis Pastrana tararea una de las canciones de Dama Stilleto. En algún tiempo la ponían mucho en el sonido ambiente de los mediotiempos de Pumas. Hace años que no va al estadio. Dejó de ir como quien deja de fumar: una jornada sí, una no, luego sólo en Liguilla o Libertadores. Un día se dio cuenta de que su afición por el futbol era más bien un coraje irremediable ante el hecho de que ya jamás sería él quien anotara los goles. Curiosamente le pasa todo lo contrario con la pornografía. Afectado por las jovencitas que rodeaban al payaso, toma de nuevo su laptop y busca un estímulo audiovisual con qué masturbarse, dejando inacabado el video de la pedida de mano que acaba en batalla campal. Se le olvidó que hace unos segundos estaba interesadísimo en él.

MILF Takes on Endless Boner. Teen Brunette First Anal Sex. Anna Shows Off Her Perfect Pussy. Buttslut Gets Facefucked. Estos títulos tienen su propia poética, piensa Luis Pastrana. Su miembro permanece exangüe. Blackgirl Assfucked And Drinks A Glass Of Cum. Brinca en una nueva pantalla un anuncio promocional del Tigres vs Tijuana. Lo cierra malhumorado. Hot Russian Is A Hard Working Lady. English Milf Pussypounded. Asian With Toys, German Teen Blows. Ésta es la verdadera aldea global, piensa Luis Pastrana. Parece turibús en el centro. Latina She-Male. Big Butt Brazil. El gato aparece de repente, desperezándose. Es tan tierno, suspendido en una infancia animal perenne. Luis decide concentrarse. Sangre de todo el cuerpo acude al llamado. La erección testifica y Luis Pastrana la atiende sin ensañarse, con cariño. Ha elegido ya un clip. Sin preámbulos ociosos, dos chamaconas se chupan, liban y lamen una a la otra en viable sesenta y nueve. Masturbarse es hacerle el amor a los fantasmas, solía decir Luis Pastrana sin saber de dónde lo estaba tomando prestado. Jamás esa frase le había hecho tanto sentido. "Hay un pájaro que vuela en busca de su jaula". Kafka. Se acuerda a bote pronto, con el pájaro en la mano. Se da cuenta de que trae la pijama que Luciana le obsequió un Año Nuevo. Las dos actrices se ensalivan con coraje. Luis Pastrana le cambia de video. Esta vez pica play en cualquier opción, sin leer el título. Un bigotón bien dotado penetra a una ruca operada en plena entrevista de trabajo espuria. Escrita por Ernest Hemingway, piensa Luis Pastrana. Aunque está atento al desempeño de esos dos coprotagonistas, en su mente inicia un vago desfile de mujeres. Aparecen Ágata hippie, la recepcionista de las mañanas, una vecina que ya no está más en el edificio, Dama Stilleto en su traje de bistecs, una chica que Luis sigue por Instagram, las retozonas sin cabeza del noticiero, Luciana con la Nike de los Pumas, la mesera Polly… Luis Pastrana se desespera. Abandona el escarceo. Incluso se ha lastimado. Su pene malamente friccionado sigue endurecido. A él se le antoja un buen vaso de leche caliente. Los gemidos de la mujer se ven interrumpidos por el timbre de un mensaje que llega en ese momento. Luis busca el celular. Es de la chamba. Lee: "Ágata acaba de renunciar. No irá al viaje. Asignarán a otra chica de cuentas. Te piden que estés pendiente porque seguramente tendrás que darle una pequeña inducción al proyecto". Desde que Luciana reapareció en su vida, no ha conseguido eyacular. Es como si una maldición hubiera recaído sobre él. No quiere pensar mucho en eso.

Apaga la televisión. Baja la computadora. Arroja el teléfono por ahí.

De su erección no queda ya nada. Luis recuerda que le puso el cuerno a Luciana en dos ocasiones. O bueno. En varias ocasiones pero sólo con dos mujeres distintas. Toma al gato del cogote, le acaricia la panza sintiendo la fragilidad de sus órganos funcionado. Apenas se da cuenta de que es macho. Mañana le pondrá nombre. Hoy no.

Enciende la televisión en mute. Coloca la laptop de nuevo en su estómago. Pone el teléfono cerca y reproduciendo canciones seleccionadas aleatoriamente de entre todas las canciones jamás creadas.

Una de las dos fue realmente irrelevante. Tendría que esforzarse demasiado para recordar su nombre. Apenas llevaba una semana de novio formal con Luciana. Él culpó a la inercia. Estuvo con aquella maquillista de ojos divinos sólo para permanecer adentro suyo lo que se tarda en beber un vaso de agua. Durmieron juntos desnudos. Luis Pastrana vio en esa precocidad la señal inequívoca de que ya era hora de tener pareja con quien construir mundos simbólicos mutuos. Decidió, pues, que amaría a Luciana y se dejaría amar por Luciana hasta que lloviera fuego.

La otra mujer fue esa alarma de incendios llamada Máyela.

El día se dobla en su parte final, como un popote. Máyela le responde casi inmediatamente. Se borra el bonche de intermitentes meses que él había soportado las ganas de mandarle mensajitos estando ebrio, como se borra una cruda a las cinco de la tarde. Habrá a quien se le pase a las tres. Habrá quien la arrastre hasta el día siguiente. Ella acepta ir por unos "mezcales con piquete" cuanto antes. Es más, en un par de horas.

La premura es porque tiene que trasladarse a Cuautla mañana, esto para liderar una convención anual de ortodoncistas solteros y bigotones, o algo así es lo que entiende Luis Pastrana una vez que decodifica las faltas de ortografía de Máyela y el libre albedrío del que hace gala su herramienta de autocorrección. En su foto de WhatsApp se ve idéntica a la última vez que coincidieron debajo de una regadera: guapa a secas. Siempre un tanto fuera de foco, haciendo trampa para verse más delgada. El rostro de lado, la lengua pegada al paladar, labios prometiendo un beso. Luis Pastrana analiza la foto como si fuera la escena de un crimen: Máyela intentando lucir etérea en la espaciosa pared blanca de un museo al que probablemente fue sólo para tomarse el susodicho retrato. Jamás cayó Luis Pastrana en la trampa de sus photoshopazos y sus excesos de maquillaje. Máyela fue un accidente en su vida, una mentira dicha muchas veces en voz baja. Luciana, poeta frustrada de alta cultura, jamás sospechó que le ponían el cuerno una vez cada cuatro meses con una vocal del club de fans de Joaquín Sabina.

En todo caso, si había alguien en el mundo que lo ayudaría a eyacular, ésa era Máyela.

Ella le envía la ubicación de su domicilio. No es el mismo de las otras veces. Lo cual irrita a Luis que ya iba encaminado. Come una acartonada pizza de metro, de esas que las calientan con un foco, y corrige el error usando un atajo de expertos. Trasborda tres veces. En el metro todo mundo está sin pantalones ni faldas. Al parecer es algo normal que sucede una vez al año planetariamente; la gente arma grupos de Facebook poniéndose de acuerdo y la prensa chusca cubre el evento buscando pasajeros fisgones. Superfeliz, la ciudadanía viaja en chones por las líneas de subterráneo metro. Hace mucho tiempo que los círculos concéntricos del infierno son más bien una lonja, una nalga dramática llena de celulitis. Además, la gran mayoría de los destapados traen la cara oculta detrás de un cubrebocas debido a los altos índices de esmog. El muestrario de tangas de fayuca ayuda a que Luis Pastrana se ponga aún más ganoso.

Quedaron de verse a las ocho y apenas son las siete. Luis Pastrana da vueltas alrededor del domicilio esperando que el tiempo se encabalgue. Le da la impresión de que también las manecillas de su reloj avanzan erotizadas rumbo a un impostergable coito animal. Hace años que no se amarraba las agujetas en esa zona de la ciudad. Sus pasos sin tropiezo lo llevan al costado del Colegio Militar, ahí donde los soldaditos echan reja. Camuflados le cantan al oído a sus morras que, desde el otro lado, se bajan como no queriendo el tirante del brasier; les llevan tacos de guisados, tabaco y noticias de Pachuca.

Luis observa con desconfianza a los árboles inquietos y atravesados por los múltiples cables de luz que transportan el milagro de la electricidad a la colonia. ¡El árbol está ahí! Lo persigue. Luis Pastrana está a nada de gritarle majaderías. Un árbol que es todos los árboles.

Rodea la calle donde Máyela vive. Escupe innecesariamente, tratando de que su gargajo caiga esplendorosamente en los charcos de aceite multicolor que abrazan a las alcantarillas. No camina. Huye. O camina como quien huye. Si un niño, el hijo de quien sea, se aparece de repente jugando a las escondidas o pateando una pelota de fut, Luis Pastrana se quebrará por completo. Lo sabe. Se siente mareado. Debe ser porque no ha dormido bien, porque anda crudo y comió de forma frugal, porque le está permitiendo ganar la partida a los demonios internos. Respira pensando que debió darse una ducha. Canta el jingle que escribió para vender cerveza Modelo Especial.

Se topa con un puesto de periódicos. En las primeras planas de todos los medios hay fotografías de Dama Stilleto con encabezados acerca de su inesperada partida. En uno, descarada nota roja, aparece una escena en baja calidad de su escandaloso videoclip: ella dando pecho a una cabeza de marrano. Hay una primera plana que muestra su silueta hecha con gis en el suelo donde la sorprendió la muerte, rodeada de listones policiacos de *do not cross*. En el contorno hipotético destaca su supuesta cola de cochino. En otro medio prefieren hablar del aniversario del asesinato de Colosio. Aun así le asignan a la intérprete de *Population: Zero Gods* un recuadro oblongo con el encabezadito: "Si hubiera tenido un año más sería del club de los 27". Un semanario de sociales le rinde honores publicando su atuendo de aguacate. En un magazine de análisis político aparecen los escandalosos fotomontajes de Dama Stilleto veraneando en Guantánamo Bay. Luis Pastrana piensa que es como si se hubiera muerto un color del arcoíris o el Hada de los Dientes y todos los oficiantes del cuarto poder redactaran sus notas haciendo home office en el mágico mundo de Oz.

Ya son las ocho.

Luis Pastrana le manda un mensaje a Máyela.

"Ecce homo", dice la misiva.

Ella, sorpresivamente sin dedazos, le responde: "¿Puedes pasar a la tienda y comprarme unos tres o cuatro jabones de diferentes marcas?"

No. Luis no pasa a la tienda. Acude al edificio. El portal está abierto. Unos mariguanos lo interceptan en el zaguán.

Vengo a ver a la Coneja, les dice. Ellos de todas formas le piden una cuota. Les da la morralla que trae. Sube tres grupos de escaleras enlodadas. Los grillos se mientan la madre. ¿A qué hora se hizo de noche? Las azoteas de todos los edificios están conectadas entre sí. Allá arriba no hay números ni domicilios ni puntos de referencia. Aun así Luis Pastrana avanza entre tanques de gas que son realmente naves espaciales estacionadas. Descuella una luz lejana al final de un pasillo. Huele a lo que usan las mujeres para pintarse las uñas. Dicho aroma lo arrastra como al zorrillo enamorado de las caricaturas. Un bóiler exagera su furia contenida y Luis da un paso hacia atrás. Luego otro bóiler y a lo lejos otro más. Se encienden violentamente como si estuvieran no sólo sincronizados sino conscientes de la forma en que traicionan a Prometeo cada vez que un inquilino quiere templar el agua con que se duchará.

Ha llegado. Lo sabe. Golpea con sus nudillos una puerta abierta, sin recibir réplica. Entra a un domicilio vaporoso. Prendas de ropa hacen las veces de caracoles en el suelo. Esquiva inusuales tendederos internos. Máyela, vestida de toallas le pide que no se acerque. El cabello empapado, los ojos enmohecidos, histérica pero finamente pintarrajeada.

—No te acerques, Luis.

—Caramba, qué pasó aquí. ¿Estás bien?

—Sí. No. Llevaba mucho rato queriendo estar contigo. Te he extrañado. Me está llevando la verga, corazón. Hace rato saqué a tirar la basura. Se la di al encargado y él la arrojó a la cajuela del camión de basura justo en el momento en que estaba compactando los desechos. ¿Ubicas ese líquido color grasa que van salpicando en el pavimento los camiones de la basura? Bueno, pues algo se atoró en el mecanismo y un chorro de ese jugo de basura brincó hacia mi cara. Me lo tragué, Luis. Vomité al instante. Me salpicó toda encima. Ya me bañé ocho veces y el olor no se quita. Tengo miedo.

Llevo todo el día devolviendo el estómago. No se me quita el olor. ¿Te llega?

—No. Bueno. No.

—¿Y si me traes a un doctor? Pero yo no tengo un peso, Luis. Se me van todas mis quincenas en abogados. ¿Aún eres mi Luis con pantalones caros?

—¿A qué hora te pasó esto? No hay camiones de la basura nocturnos.

—Poco después de que me escribiste. Qué bueno que me escribiste, que bueno que ya perdonaste a tu Coneja. Abrázame, por favor. No. No me abraces. Mejor regresa mañana. Arruiné nuestro encuentro, ¿verdad, ángel? ¿Sabes que siempre quise tener un hijo tuyo? Seguido sueño que llegas volando así como ahorita.

—No vuelvas a repetir eso nunca.

—Luis… Luis…

¿Qué hora será en Alaska? Luis Pastrana sale huyendo del lugar. Lento, trota apresurado, por el mismo tramo pesadillezco pero ahora de atrás para adelante. Cuando entró tenía clara una cosa: no soportaría encontraste con uno de los tantos niños del mundo. Ahora, entre rejas que encierran ropita infantil secándose, se da cuenta de que es la ausencia de niños la que lo tiene abrumado hasta el ansia. El llanto silencioso de los nonatos. Bebés que no jugarán a formar parte de la humanidad. Bebés que no perderán la vida buscando las dos cosas más estúpidas del mundo: el amor y el dinero. El auténtico abismo de la paternidad. Un viento malicioso dota de falsa vida a toda una hilera de ropas en miniatura cuyo olor a cloro se estampa en una mueca de dolor y asco que Luis Pastrana ya es incapaz de corregir.

Cuando está de vuelta en la calle se sienta en el suelo. Estar afuera, pero seguir estando adentro. Respira desesperado. Trata de controlarse. Ríe. Su teléfono suena. Es Máyela. Cuelga y bloquea su contacto. Una menos. Un hijo menos.

Alguna vez alguien le dijo que las mujeres que acababan de perder a su padre estaban muy necesitadas de amor. Así que le escribe a Ágata, la chica de cuentas. La exchica de cuentas. Se quedan de ver en un bar que está completamente al otro lado de la ciudad.

Tigres le va ganando por tres goles a Tijuana. Ágata viene con todo lo que va del segundo tiempo de retraso. "Apersónate", le escribió Luis Pastrana después de que cruzara la ciudad de punta a rabo en una hora y abordo de un taxi que se destartalaba más y más cada que el chofer tocaba su claxon de Tarzán. No se explica por qué lo citó en un sitio tan, ¿cómo decirlo?, culero. El rinconcito de Coapa que cada colonia necesita, pero ¡en pleno corazón de Coapa! Las paredes negras, de pizarrón, están llenas de inscripciones con gises de colores que certifican pedas remotas. Decide ignorar las cinco repeticiones del tercer gol ralentizadas y desde todos los ángulos posibles y busca el nombre de Ágata en esa decoración contingente. También las mesas y el techo están intervenidos con tales atajos a la posteridad. "Lupe, María y Carmen: mil por ciento perras", "Los Súper Leves, amigos para siempre", corazones resguardando dos iniciales, dibujos obscenos, el precio del cubetazo, "Aquí estuvo el prostipirugolfo", "Julián, eres mi jefe pero serás mi hombre", "Busco un fierrote para moviditas" y luego un número telefónico con más números de los que un número telefónico posee. "Te amo, Cuqui". Todos los mensajes escritos con las nalgas. Es como ponerse pedo en un meadero de central de autobuses. Fechas y fechas y nombres y nombres. Cementerio de gente vivita y retuiteando. Nada más viejo y caduco que las borracheras de antier. No recuerda dónde vio Luis Pastrana un documental jalado de los pelos acerca de qué pasaría si, de un momento para otro, la humanidad desapareciera por arte de magia. A grandes rasgos, cuatro años después explotarían las bombas nucleares desatendidas; se desolaría el mar y la tierra del globo. El único registro de que alguna vez existimos sería la huella en la luna. Un pequeño paso para el hombre, etcétera. A Luis le pareció que esa prueba nos dejaba muy mal parados como especie.

Bueno, bien parados, pero mal parados, piensa. Ríe solo.

Su mesa, además, está al lado del baño. Huele a chis y a fritangas. El lugar está a tope. Puro escuincle que estudiará contaduría o cosas peores, alcoholizado y alcoholizándose. El audio propagado en las catorce bocinas no es el del partido; retumba orgullosa música norteña que al mismo tiempo incita al turismo y elogia matanzas.

En fin, una huella en la luna es poco testimonio. Se perderían en las arenas del tiempo los detalles más agridulces del esfuerzo humano por ser recordado. Bastaría con que mandaran una mesa de ese bar a la luna para que quedara cabalmente registrado el contemporáneo imperio de la estupidez. Esto somos, medita, acariciando el relieve que provoca un "Abelardo, déjame ser tu puta" escrito con bolígrafo rojo sobre la madera añeja. "Más vale pájaro en mano que siento rico", "Te extraño un chingo, Estefanía".

Le da un sorbo largo a su cerveza, allá, al fondo, hay varios osos de gomita nadando y enturbiando el líquido dorado. El borde del envase está bañado en chamoy y, al menos, cuatro tipos diferentes de chile piquín marca Lucas. Aún más al fondo, detrás del culo del tarro, Ágata aparece súbitamente de pie, toda de negro, preciosa. Luis se termina la chela, se incorpora, le aproxima una silla y la saluda con un abrazo excesivo.

—Ágata, querida, ¿cómo sigues? —dice Luis Pastrana y se da cuenta de que las dos cervezas que lleva quizá ya sean cuatro.

—¿Te mandaron a convencerme de no renunciar? Toma nota: me tendrían que subir más del treinta por ciento el sueldo, dar vales de gasolina y meterme a la caja de ahorro. Ah. Y obviamente no me voy al viaje ése ni de coña.

—Cuenta con ello. Oye, pero antes dile a ella qué quieres ahorita, así en corto.

Una mesera aparece de pie ahí al lado.

—Tienen gomichelas de sabores: yo pedí una —dice Luis alzando su ridículo y glorioso tarro.

—Agua mineral y unos limones —ordena Ágata.

—A mí de una vez otra pero ya no le pongas tocino.

—Jueves por la noche, ya estaba en pijama. Si no te mandaron de la agencia entonces qué quieres.

—Te estaba buscando en la pared, dónde andas. Por qué me citaste aquí.

—Es horrible, verdad.

—¿Y la respuesta a mi pregunta?

—Para que no pensaras que es una cita romántica.

—¿Y la respuesta a mi otra pregunta?

—Ya estoy mejor. De repente lloro. Fue muy feo ya al final. Estoy medicadísima. Mejor cuéntame, ¿ya tienes maletas listas?

—A lo mejor todo se aplaza una semana. Por lo de Dama Stilleto, que dios la tenga en su santísima gloria —eructa Luis, imaginando que en una de ésas el padre de Ágata y la cantante pop coincidieron en la aduana del más allá—. Qué mala pata, oye; no somos nada.

—¿No supiste?

—Ni idea, qué.

—Neta, ¿no supiste?

—Dime.

—Resulta que la que se quitó la vida no era Dama Stilleto. Todo fue parte de otro de sus performances. ¡Checa! —exclama Ágata emocionada—. Dicen que hay seis personas idénticas a cada uno de nosotros en todo el mundo, ¿no? Bueno, durante años estuvieron buscando a una mujer que fuera idéntica a Dama S...

—Guillermo Wilson —interrumpe Luis—, un *doppel-gänger.*

—Déjame contarte. La idea era que la doble la suplantara un rato. La entrenaron por meses. Pero, y aquí está el meollo del asunto, cada vez se le tenía que ver más y más subida de peso. ¿Entiendes? Le pagaron a esta chava para que engordara. Medítalo un segundo y recordarás que desde hace un tiempo en todas sus apariciones públicas la vimos comiendo chatarra. Querían llevarla hasta el límite. Obesidad mórbida norteamericana básica.

—Qué bonito hablas, Ágata.

—El objetivo: que la gente empezara a criticarla por cómo había descuidado su cuerpo. Y luego, en una presentación en vivo, levantan la cortina, ¡sorpresa! Crítica social y lanzamiento de su nuevo sencillo sobre cómo los estándares de belleza son el infierno. Hay marcas involucradas. Un yogurt, cereal de trigo, gimnasios. Son unos genios, estos ojetes.

—Oye, respétame, deja de hablar como camionero.

—La doble no aguantó la presión y se mató. Era actriz. Hicieron un *casting* internacional mamón para llegar a ella. Había salido de cadáver en varias series policiacas finlandesas. Qué pedo, ¿no?

—Ya te estoy viendo doble yo a ti.

—No, Luis Pastrana, no —da la impresión de que si tuviera un periódico a la mano lo haría rollo y le daría un par de golpes con él.

—Vámonos a Alaska, escápate conmigo.

—Lo más cabrón fue que tuvo que salir Dama Stilleto a dar la cara, sin disfraces ni maquillajes, a explicarlo todo. Llorando, apenadísima. De entrada ya le cancelaron varios patrocinios chonchos y una gira asiática. Obvio, la familia de la chica le va a demandar hasta el culo.

—Qué bella expresión, ¿sabes que pensé estudiar leyes alguna vez? Hasta fui de oyente a varias clases.

—No te imagino como abogado.

—Haz un esfuerzo, anda.

—Ya andas pedo, Luis Pastrana.

—Se me subió rápido. No he dormido bien. Traigo unas broncas atoradas medio gachas.

—No soy quien pueda ayudarte en este momento. Lo siento.

—¿La muerte de tu padre no te puso, así, medio cachonda?

—Voy a ignorar que dijiste eso. Gol de Tigres.

La gente en el bar brinca y grita emocionada. Luis y Ágata, sus miradas duran una encima de la otra en impertinente silencio, lo que dura una celebración de cuarto gol en jornada cuatro. ¿Por qué hay tanto regio en Coapa? El delantero corre hasta la esquina, posando para las cámaras. Sus camaradas delanteros lo abrazan. Pide que le hagan espacio para bailar ridículo. Llegan los mediocampistas y también lo felicitan. La algarabía inicial comienza a desaparecer. Cuando los defensas centrales llegan a hacer "chócalas" con el autor del gol, el réferi los apresura usando su silbato. Él busca a su esposa en el palco, se besa en donde comúnmente porta orgulloso el anillo. Corre hacia la banca. Los suplentes le dan palmadas. Regresa a su posición. El balón está de nuevo en juego.

—Ah, oye, te quiero pedir un favor de supercompas —retoma la charla Luis—. ¿Podrías cuidar a mi gatito mientras estoy afuera?

—¿Tienes un gato? Wow. Pobre animal.

—¿Qué tiene? Bueno, apenas llevo un día con él. Creo que es de esos a los que les inyectan mierdas para que no crezcan. Cuando lo veas te vas a enamorar. Es más, si me disparas un tequila, te lo regalo.

Con una señal Ágata le pide a la mesera que reincida.

—¿Cómo se llama?

—Prostipirugolfo

—¿Neta?

—No, digo: Cuqui. Abelardo Cuqui.

—Estuvimos casi dos años encerrados en un edificio en Santa Fe y nunca me dirigiste la palabra y ahora quieres que cuide a tu mascota manipulada genéticamente.

—No le digas así. No seas mala. ¿Segura que no quieres algo de beber? ¿Un trago fuerte?

—Me muero de cansancio. Además no puedo mezclar alcohol y antidepresivos.

—¿Crees, Ágata, que hay un más allá? ¿Crees en dios y su presencia sobre el mundo del hombre?

—Chíngate tu gomichela, ándale.

—Una vez de chico creí haber visto al Chanclas en los pliegues de una cortina. También lo vi en las manchas de la madera de un clóset en casa de mi abuela. Al diablo, pues, el chamuco mayor. Creo, Ágata, no te vayas a reír, que el otro día vi a dios en un árbol.

—Ni una más, quise decir. Me voy, Luis, siempre me pareciste adorable pero hoy andas muy espeso y yo estoy demolida.

"Somos como sombras, pasamos sin dejar huella", escribió alguien en la pared, en medio de varios garabatos celebratorios y un genital masculino con ojitos, pies y una mano que de hecho hace una seña obscena autorreferenciándose.

—¿Sabes que si el ser humano desapareciera de repente lo único que quedaría de la especie en un par de años sería la pinche huella en la luna?

—También vi el documental y, además de que está hecho con tres pesos, es mentira. La luna básicamente es un vertedero de basura. Un bordo gigantesco. Hay placas, herramientas, banderas. Está llena de basura. Mira, vete a tu casa. Y hablamos en otra ocasión.

—No te vayas, Ágata. Es temprano.

—Esto no fue una cita, eh.

—¿Y mi gato?

—Mándamelo en un Uber.

—Yo no uso esas madres, no inventes…

Tigres gana tres puntos. Antes de que le cambien a un canal de videoclips retro, Luis Pastrana alcanza a ver en un noticiero a Dama Stilleto, ahora Bárbara Carsons Marín, hablando con lágrimas en los ojos, lágrimas que no son algodón de azúcar. Lágrimas normales.

Algo dice Luis en voz alta.

Está solo de nuevo. Le pide un gis a la mesera pero ella confunde la seña con el hecho de que le traiga la cuenta. Él siente que lo está corriendo. No es ni medianoche.

La luna parece una uñita.

Uña y mugre. A continuación, un inventario parcial de las cosas que la humanidad ha dejado en la luna:

70 vehículos espaciales que incluyen exploradores, módulos y satélites chocados.

2 Lunajod, laboratorios móviles automáticos rusos. Uno de ellos fue subastado en Sotheby's en la tierra a pesar de que permanece, funcionando, en el satélite lunar.

6 banderas de Estados Unidos. Acaso sólo una no asida a su mástil. Es probable que todas hayan perdido por completo su color tras más de cuarenta años bajo los rayos solares.

2 pelotas de golf.

Pares de botas, cámaras de televisión, martillos y tangas usadas.

100 billetes de dos dólares.

Casi 100 bolsas con orina, heces y vómito.

Cámaras y accesorios Hasselblad.

Jabalinas improvisadas.

Revistas, cobijas, toallas, rastrillos, palas y mochilas. Número desconocido.

Kits de higiene personal.

Paquetes vacíos de comida espacial.

La fotografía de una familia protegida por una funda de plástico. En el reverso de la imagen puede leerse: "Ésta es la familia del astronauta Duke del planeta Tierra", seguida de la fecha y las firmas de los cuatro integrantes del clan. El mismo hombre dejó allá arriba una medalla conmemorativa del 25 aniversario de la Fuerza Aérea de los Estados Unidos. Sangrón.

La insignia de plata del astronauta Alan Bean. El simple hecho de estar en la luna lo volvía merecedor de la insignia dorada, así que la arrojó, inservible ya, a un cráter.

Una pluma de Baggin, el halcón mascota de la Academia de la Fuerza Aérea utilizada para llevar a cabo el famoso experimento de tirar una pluma como martillo.

Una pequeña escultura de aluminio como tributo a los "astronautas caídos" de Estados Unidos y la Unión Soviética que perecieron en la carrera espacial o durante entrenamientos, dejada en la luna por la tripulación del Apollo 15. Es obra del artista belga Paul Van Hoeydonck. Se trata de la única obra de arte realizada con el propósito de permanecer en la luna.

Un pedazo de la misión Apollo 1 que terminó prematuramente cuando ardió en llamas en el módulo de comando durante un ejercicio de entrenamiento en 1967 y que mató a tres astronautas de Estados Unidos.

Un disquito de silicón con mensajes de buena voluntad de 73 líderes del mundo, dejado ahí por Apollo 11.

Una medalla en honor a los cosmonautas soviéticos Vladímir Komarov y Yuri Gagarin.

Una vara de olivo dorada llevada por Apollo 11.

La placa colocada por Estados Unidos que anuncia: "Venimos en paz en nombre de toda la humanidad".

La urna que contiene las cenizas de Eugene Shoemaker, el afamado geólogo planetario que soñó toda su vida con viajar a la luna. El contendor de aluminio cerrado al vacío está envuelto en un pedazo de latón con un pasaje de *Romeo y Julieta*:

Y cuando muera
Convierte tú cada trozo de su cuerpo en una estrella relumbrante
que sirva de adorno a tu manto
para que todos se enamoren de la noche
desenamorándose del Sol.

Todo el tiempo llevamos en nosotros, como un grillete, el desconcierto de haber nacido.

El contendiente indostánico de *Street Fighter*, Dhalsim, tenía un golpe medio que consistía en extender sus brazos hasta alcanzar el triple de su largo normal. Luis Pastrana atesora la primera vez que vio eso. En los derredores de ese día descubrió a sus padres en pleno juego del corcel y el jinete. Él debía estar dormido. En cambio se asomó a la pieza central. No buscaba nada, el enigma nocturno de esa habitación lo atraía como el cemento fresco a la suela, como el venado a la trampa. Tenía nueve años a finales de los años ochenta mexicanos: todo era miedo al sismo. Vio la espalda desnuda de su madre moviéndose lentísimo. Preponderantemente tierno. El arcoíris en la tele sin programación le iluminaba la piel, acentuando su silueta, tallándola en franjas de colores. Luis no vio al padre, sólo aquel dorso en vaivén al centro de la cama, meneándose como el azul en la flama. Sacudidas cada vez más toscas. Ni un gemido. Un chongo improvisado con las agujas del tejido. Pecas. El sonido del agua entubada detrás de los muros. El sonido de la pecera en la sala. En el suelo, una bufanda deshilachada. No le pareció una estampa grotesca ni pecaminosa; no se excitó ni sintió culpable. Vio ese hallazgo como un goce espiritual, algo hermoso y exacto que embonaba frente a sus ojos. Los gestos que lo hicieron, piezas de un rompecabezas formando paisaje. Casi inconscientemente buscó reproducir aquella cresta de ola conforme se fue desarrollando su propia vida sexual. No lo consiguió jamás. El sexo en carne propia estaba lleno de mecos y sudor y llanto y jaleas. Insatisfacción o demasiada satisfacción. Cuerpos con textura de cinta adhesiva o pieles de nata. Gemidos demasiado bufos o decididamente trágicos. Mordidas desatinadas o besos como abrir el diccionario en la letra buscada. Pelos en la lengua, axilas agrias, mujeres que no se dejan masturbar si no te lavas las manos antes. Parejas, vaya, entregando su secreto rostro de placer a cambio de nada.

Hace unos días Luis Pastrana observó un video. Hombre y mujer viajan abrazados en un globo aerostático. A los diez minutos de viaje, él se arrodilla en la canasta y, entre nubes sonrosadas, le propone que se coloque el anillo que para ella compró. Ella le dice que no. El gesto negativo de la chica es muy parecido al que ponemos todos cuando arrojamos algo al bote de la basura y no le atinamos. Los siguientes cuarenta minutos la pareja está enclaustrada en las alturas. La dinámica de silencio y rencor entre ellos es terrible, insoportable. Pareciera que en cualquier momento él la arrojará o se arrojará. No hay lágrimas, ni bronca, ni reclamos. Ninguna pareja de actores podría interpretar las pasiones humanas que allá arriba ocurren, en silencio. Todo está videograbado en extraordinaria calidad: se pueden ver los detalles en sus mohines, las palabras perdidas que no superan la frontera de los labios temblando, el frío en las alturas. Luis pensó que algo muy parecido a eso es la vida emocional de las parejas. Sólo que es irrelevante si la chica dice, en cambio, que sí. El resultado es el mismo. Un lento avanzar rumbo a la nada sin tener cosa alguna que decirse.

Hasta del cuerpo de Luciana llegó a hartarse. Su cuerpo de cántaro. Siempre entre las tramoyas de la ropa interior más erótica que ofrecen los catálogos.

Luis Pastrana está en uno de los bares gay de República de Cuba. Cien pesos de recuperación para el *show* de medianoche, le dijeron al acceder. Son las once cuarenta. Sentado en una mesa sólo para él, admira cómo las mujeres a quienes les mandó mensajes escucharon y leyeron todas sus súplicas y decidieron ignorarlas. Dejado en visto. Huele a resudor. Los hombres bailando le parecen caramelos abandonados a la mitad, brillan de saliva. Los cuenta mentalmente. Treinta varones bien bragados. Luces de varios colores se rozan entre sí, sumando felices. Todo el círculo cromático operando a favor del devaneo. Y de repente: espacios oscuros con vida propia. Tanta oscilación produce cambios repentinos en el aspecto, edad y seña del ramillete de homosexuales ahí presentes y bailando. Lucen inmortales. Uno trae una gorra anaranjada que dice: "Enferma de amor". Luis sonríe, ya está ebrio.

Dos hombres con rasgos orientales están al acecho. Lleva rato observándolos. Rodean la pista calculando quién está por irse. Cuando alguien está pagando o pide la cuenta, se aproximan solapados por lo oscuro. Una vez que la gente se ha ido, rápido se sientan en la mesa con despojos y se toman fotos con la botella vacía simulando una embriaguez meca. Fingen que se tomaron todo aquello y suben los retratos, brindando con vasos que otro vació, a sus redes sociales. Así llevan media hora. Quién sabe qué quieren demostrar pero a Luis Pastrana le resulta hermoso. Beben de una misma cerveza caliente que comparten a sorbitos. Luis pidió una botella de ron Castillo. Sólo cocas. Hielo en una cubeta. Plato de limones. Comienza a tropezársele el intelecto, pero no se irá de ahí hasta que colabore con aquella pareja de sobrios pobres y amarillos. Se quebrantan entre sí las luces en lo oscuro, a las alturas; desciende un fulgor que ilumina raro los dientes, el color blanco, el borde circular de las copas. Él se las sirve cargadas, sorbe pleno.

Globos aerostáticos

El neurótico perro Julieto.

Los pingüinos falsos que llevarán a Alaska.

El rostro de dios que ocultan los árboles.

El secreto de los vagabundos.

Trata insistentemente de encontrarle sentido a todo. Quiere unir los puntos hasta crear una imagen pero no hay nada. Nada. Luciana se entromete. El cuerpo de cántaro de Luciana fue lo único que estuvo presente en todas las fases sexuales por las que atravesaron siendo pareja. El desenfreno al inicio, ella con los labios hinchados, él con fracturas chuscas en el prepucio. Sexo estando ebrios. Risas. Dormir desnudos y abrazados. Sigue la seguridad corporal que ofrece saber que en un fin de semana ambos alcanzarán sendos orgasmos, si se puede que sean al mismo tiempo, qué mejor. El eficaz romance de la costumbre y sus fricciones. Luego, meses de desinterés mutuo, mamadas mal dadas, sexo estando crudos. Acontece la mágica noche en que uno de los dos pregunta al otro: si tuviéramos un hijo, ¿cómo le pondríamos? (fue él, estaba distraído pero fue él). Y después de eso, coger con rabia a sabiendas de que tales devaneos carecerán de consecuencias porque no están listos, porque ella prefiere enfocarse en su carrera, porque él quiere escribir su novela. Sigue redescubrir ciertos aspectos en el otro, que el coito sea lo de menos, que las caricias en la sobrecama sean lo relevante de la suma. Usar el amor como una lengüeta o el extinguidor detrás de un vidrio aparentemente frágil. Pero siempre, en toda circunstancia, el cuerpo de cántaro de Luciana. Es decir, que ante los vaivenes se escuchara, encerrado y golpeando las paredes del estómago, el agua que ese día había consumido. A cada embestida de Luis una ola interna de líquido atrapado.

Los orientales se retratan en la mesa llena de botellas de cerveza vacías que unos turistas acaban de abandonar. Luego corren a una esquina donde no los molesten. Cada uno por su lado sube las fotos. Los estrobos del sitio iluminan sus sonrisas y ojitos rasgados. Envidiables y cuerdos lunáticos.

Una noche Luis y Luciana decidieron que estaría bueno rentar una habitación de hotel. Los domicilios propios ya no ofrecían ángulos de penetración nueva. Coger entre cortinas distintas y en una cama repleta de quemaduras de cigarro y fantasmas cachondos se les presentó como algo prometedor. Ella manejó hasta la salida a Cuerna. Se detuvieron a comprar condones, Bonafinas, un Absolut Orange, una cajetilla de Capri de dieta y un pollo rostizado al mixiote entre cebollitas cambray. La vida soñada de los ángeles caídos. Tuvieron que hacer fila en el viejo motel Xola porque el Día de la Secretaria acababa de ser el miércoles pasado. Hace mucho tiempo que no pasaban tanto rato arriba de un auto simplemente escuchando canciones. Quince minutos de tríos. Ella se pintó los labios. La gente llamaba a la estación de radio para pedir canciones.

—Estos se van a volver locos cuando descubran el YouTube —dijo Luciana.

Eso te lo voy a robar, pensó él. Después se popularizó el Spotify.

Pagaron la noche completa. Los rodeaban regios sonidos sexuales de un grupo de desconocidos. Desempacaron. Empezaron a besarse, como si fueran juguetes de cuerda. Luis pensó en el túnel de acceso al Estadio Azteca. Ella llenó el rostro de Luis con marcas rojas de beso. Luciana traía tres mudas distintas de ropa interior provocadora. La primera de ellas era: no traer ropa interior. Se amaron de acuerdo con el canon. Cada que la cabecera se impulsaba sin violencia contra la pared, Luciana pensaba en sí misma como una de las integrantes menos relevantes de una orquesta. Había fiesta de pueblo, ajá, en el pueblo que estaba ahí al lado. Cuando él eyaculó, un petardo reventó en el cielo nocturno. Les dio mucha risa aquello. Ya les había pasado con un gol.

Luego cenaron, bebieron un par de tragos con los hielos más caros de la historia en los vasos más sucios del México contemporáneo. Ella exageraba como muletilla: era su *trademark*. El peor tapete de hotel. El peor tapete de baño de hotel. El mejor sexo oral de su vida. "Quiero estar contigo siempre, Luis. Eres mi todo, Luis, mi todo, mi alma".

—Si un día me dejas, me muero —le respondía él en esos casos.

En la tele todos los canales eran porno. Sumaron sus edades. Sesenta y uno. En el canal 61 una negra anoréxica era penetrada en varias posiciones por un grupo de vikingos. Tomaron nota y las recrearon; ella aprisionada en un liguero color rojo vampiro. Luego estuvieron abrazados un rato largo charlando sobre el futuro. Un inocente futuro mutuo lleno de oscuros reflejos y que implicaba viajes al mar, secuelas de películas que acontecerían dios mediante, la sincronización de sus pasos en calles que iban a dar a una escultura fea. Elegir juntos el perfume que ella usaría en Navidad. El amor envuelto en bruñido papel aluminio.

Decidieron ir a la feria.

Feria de pueblo noqueado. Al parecer era el cuarto día seguido de festividades. Los juegos mecánicos les parecieron tan próximos unos de otros que en cualquier momento acontecería la catástrofe. Rechinaban horrible, el sonido se te quedaba pegostioso en los oídos. Le compraron tepache a una anciana dormida. Un niño intentó asaltarlos. Pusieron diez pesos en una ranura para que el Cristo en una vitrina llorara salsa Valentina. Alrededor de un *ring* improvisado varios luchadores hacían suertes falsas e inermes, pero demasiado cerca de los cables de luz pública. Se sintieron en tierra de nadie. Mirando un carrusel alrededor del cual giraban, atados, burros reales disfrazados de monarcas, ella sintió pánico. Recordó que no había llevado su aparato para el asma consigo. Se abrazó a él y caminaron en silencio de vuelta al conglomerado de habitaciones en las faldas del cerro.

Nadie cogía ya. Salvo los saltamontes.

Habían dejado la tele encendida. Los recibió un noticiero en el que daban información real mientras le eyaculaban encima a la presentadora. Vieron unos minutos hasta que dejó de ser gracioso. Ella se lavó los dientes en el baño y reapareció en un calzón diminuto, sonrosado y transparente, era como si su sexo y senos estuvieran embarrados de ceremonial pastel. Durmieron ambos en posición fetal, ella en su flanco de dama, él en el espacio de cama que, ante eso, sobraba. Pero amanecieron abrazados. Y apenas despertaron se besaron con las bocas apestando a hueco. Ella se montó encima. Hizo. Suave, pulcro, irrepetible, con un ambiguo sable de luz matinal sobre el cuerpo.

—Pásame un condón —le dijo ella. Siempre precavida y a punto del tan jaleoso como agitado cambio de postura—… queda uno.

Su dinámica era ésta: cogían un rato sin protección y, cuando la aparición del chorro era irrevocable, se ponían velozmente un preservativo. Él hurgó en el buró. Tomó la cajita. Luciana no dejaba de entrar y salir. Como un niño que prende y apaga la luz para ver si es verdad que, como amenazan los adultos, aquello funde el foco.

—No. Espérame, Luci. ¿Te acuerdas que en vez de tercer condón nos salió un chicle?

Ella río. El amor era, y es, una improbabilidad industrial. Un error de fábrica. Una anomalía en el siglo que corre. Un pedazo de piña en un plato de papayas.

—No me vayas a embarazar —clamó ella entre broma y broma.

—Te voy a embarazar como nunca nadie te ha embarazado —le respondió él, también de guasa.

Él juraba que se alcanzó a salir a tiempo. Cuando terminaron, la cama tenía el sudor de sus tres cogidas. La noche anterior no notaron una pintura que los había estado viendo todo este rato. Una marina espantosa sin aves ni navíos ni tormentas ni nada. Era hora de regresar a la ciudad.

A los tres meses ella desapareció de su vida sin explicación alguna.

Luis Pastrana alza la mano para llamar la atención del mesero. Ha iniciado el *show* de medianoche. Aunque más bien los relojes dicen que ya pasa de la una. La botella de ron

Castillo va apenas a la mitad. Luis busca entre el gentío, que ahora es innumerable, a los primorosos cazadores de envases gastados. Paga en efectivo y pide la botella para llevar. Incluso a ellos les va a quedar mal.

Alma Delia trapea con firmeza el piso de ajedrez. Se siente hinchadísima pero no lo está. Siente que le apesta la boca pero tampoco es cierto. Siente que le brinca un ojo, pero estos descuellan serenos al centro de su carita. Siente que está despeinada y de hecho lo está. Observa las compras en la mesa y siente que ésas son las últimas latas de atún del mundo. Siente, siente, siente. Faltan dos días, pero por si las dudas ya se colocó su copa menstrual. Ah, y sigue llorando invisible.

Mónica, en cambio, lleva toda la semana suplicándole que por favor intercambien aparatos telefónicos para que ella tenga una cámara con mayor calidad de imagen HD y megapixeles la semana que estará en Alaska. A Alma le pareció providencial que ese viaje no fuera una más de sus mentiras. Hasta que no la vea abordar un avión no descorchará el vino. No piensa intercambiar celulares.

—Be, was, were, been, being —dice en voz alta y tres veces, Mónica, alelada.

Mónica está en un sillón color mostaza con los pies alzados esperando a que el suelo se seque. Se alcanza a ver que no trae calzones. Tampoco brasier. Sólo un camisetón XXL de hockey o básquet. No se ha rasurado las axilas, incluso amenazó con pintárselas de azul. Su perenne semidesnudez matutina comenzó a incomodarle a Alma desde que se enteró de que no son hermanas.

—No andes tan destapada —le dice—, luego por qué te enfermas.

—Run, ran, run —le responde en voz alta y tres veces.

La verdad es que si se enterara de que Mónica le escupió a un alimento en el refri para apartarlo, ahora sí, Alma no se lo comería. Ni aunque fueran duraznos en almíbar. No está segura de que si la otra se enfermara ella velaría su sueño. No la aguardaría en una sala de espera. No quiere ya jamás dedicar visitas al cine para ver las cursilerías que la otra elige. La otra, Mónica, trae puestas dos donas de plástico en las orejas, audífonos que la aíslan del mundo. Se los quita por un momento para decir:

—No hagas tanto ruido porque en mi cuarto está dormida una amiga; si se despierta no le hagas plática, eh, es supertímida.

—¿Qué amiga? No juegues, Mon, ya con tus galanes tengo. Sabes perfecto que no me gusta tener gente en la casa.

—Una amiga. No le hagas plática.

Y el instrumento regresa al oído. Realmente ni siquiera sabe si en la parte de Alaska a la que irá hablen inglés. Sigue sin bajar las piernas, se sostiene los tobillos con las manos para aguantar más en esa postura. Se asoma su vagina completamente rasurada. Huele a Pinol. Once de la mañana en martes. Se escucha el cíclico romance de la ropa sucia limpiándose a violenta vuelta de rueda. Ya pasó gritando el del gas, el del Clarasol, el que compra fierro viejo, el que afila cuchillos. También les llega el constante sonido de gente subiendo y bajando por las escaleras, cargando muebles, poniéndose de acuerdo para transportarlos eficazmente.

—Vamos a estrenar vecinos. Ojalá sean guapos. Aeromozos guapos que nos traigan artesanías de los lugares que visitan —dice Mónica.

—Ojalá sean personas sin pies —le responde Alma.

—*Feed, fed, fed* —dice, tres veces y con imperceptibles variaciones, Mónica.

Alma se detiene, limpia el sudor de su frente con el revés de su mano. La puerta está abierta para que la pieza se ventile. Observa a un hombre barbado en overol subir un sillón de una sola pieza color mostaza, idéntico al suyo. La coincidencia no le hace mayor ruido. Revisa su teléfono celular para ver si tiene algún correo del extraño con el que lleva dos semanas carteándose. Emiliano Zapata. Nada. Regularmente los mails llegan pasado el mediodía. Alma se ha estado mordiendo las uñas de nuevo.

Mónica y Alma viven en un departamento al que casi no le pega el sol pero es frío sólo en los meses fríos. Sala y cocina prácticamente acodadas y en competencia territorial: la batidora arriba de la tornamesa, una foto familiar junto a las verduras. Después de un pasillo largo, dos puertas bizcas y sus habitaciones. El baño está en la de Alma. El departamento se los dejó su madre antes de largarse huyendo de un escándalo financiero. Aún hay posters en las paredes de las películas que protagonizó en su juventud y utilizan un premio El Heraldo como pisapapeles. Los dólares llegan puntuales a inicio de mes. Alma ya no está segura de que sea justo dividirlos cincuenta y cincuenta. No está segura de que iría al bautizo de un hijo que Mónica tuviera. No cree que ponerle Mónica o Mónico a algún hipotético hijo suyo sea ya buena idea. No más. Todo cambió de tajo. Le duele tener esos pensamientos. Llora invisible.

—Rápido, préstame tu teléfono —grita Mónica—. ¡Tu teléfono, macuarra!

Entra, como Juan por su casa, el gato de los vecinos. Minino color gris, con calcetines y una pereza contagiosa. No lo han bañado en años así que quizá sea más bien negro. Un cascabel sin badajo le cuelga del cuello.

—Ay, no. A ese gato le fascina acostarse en nuestro molcajete. Sácalo. Llévaselo a su dueña. Lo dejan todo el día afuera y anda mudando pelo.

—Tu celular, préstamelo.

Alma entrega el aparato a Mónica. Ella enciende la cámara y fotografía al gato parado ahí al centro del suelo recién aseado, entre costras de espuma. El flash estaba activado así que al gato los ojos le aparecen como estallidos verduzcos fantasmagóricos. En todo caso, Mónica sube la foto a Facebook y escribe: "Mi gata escapó hoy en la mañana. Se llama Crinolina. Por fis si la ven avísenme. Zona Escandón. La extrañamos mucho. Compartan". Y luego un teléfono falso, resultado de teclear ocho números al azar. Mónica sonríe alegre pero de inmediato el rostro se le descompone.

—¿Sabes qué me da mucho miedo últimamente? —dice. Su hermana toma asiento en otro sillón, también de una pieza, pero color Piolín—. Checa: el martes fui a terapia. Esperé a que atendieran a la persona que estaba antes de mí, leí una revista de puros y cigarros. Y cuando era mi turno, resultó que mi cita no era ese día sino hasta el miércoles. Me tuve que venir a casa con mis miedos e inseguridades. Perdí dos horas de mi vida.

—Ya puedes bajar las patas.

Pasa un avión y el gato se retuerce, crispándose y sacando las garras, pero inmóvil. Alma saca un churro de arriba de su oreja y lo activa con un encendedor que guarda entre los huecos del silloncito. El escándalo que provoca el avión se entromete en cada una de las esquinas del departamento, lo recorre como si lo leyera. El gato oculta sus garras, torciendo el cuerpo se deja caer de madrazo enroscando la cola; frotándose contra el suelo en expresión de suplicio, el cuerpo le vibra. Alma toma la portada de una película pirata y la dobla improvisando un cenicero. Le pasa el cigarro a su hermana pero ésta niega con la cabeza sin dejar de menear los labios. El temblor en el cielo se va alejando. Se va alejando. Ya debe estar sobrevolando la Plaza de Toros.

—… entonces le hablé a Esteban pero con el que había quedado en ir al cine era con Antonio —continúa arguyendo Mónica—, me dio mucha pena, Alma. Mucha. Eso sólo lo hacen las mamarrachas. Soy una mamarracha del mal. No valgo ni lo que me como.

—En eso tienes razón. ¿Ya hiciste tu maleta?

—Y luego, ayer, me fui a dormir pensando que ya había lavado los platos, pero no. Los dejé todos puercos y me tocaba a mí lavarlos, no creas que no lo sé. Ya vi que los lavaste tú, oye. Cero maleta. La hago el mero día.

—¿A qué le tienes miedo últimamente?

—¡A eso! Se me están olvidando las cosas. Imagínate que me da Parkinson y, cuando hagan una película de mí, en lugar de hablar de mis hazañas amorosas y mis grandes viajes, se trataría sobre el hecho de que me dio esa enfermedad.

—La enfermedad con la que se te olvidan las cosas no es Parkinson, es Alzheimer.

—¡Ves! Ya se me están olvidando las cosas. Mi vida sería una película horrible, Alma. Qué miedo.

—No me quiero imaginar qué clase de cineasta estúpido haría una película sobre tu vida.

—Esa cosa es hereditaria y tú sabes que mamá la tiene.

A Alma le choca escuchar la palabra "mamá" en los labios de esa desconocida a la que ha visto crecer y le ha vigilado cientos de enfermedades. Una vez incluso le aseó el culo. El hombre barbado en overol sube cargando un sillón de una pieza color Piolín. Una vez Alma encontró una calle cuyas líneas en el suelo eran idénticas a las líneas en su mano y se siguió caminando como si nada. Digamos que es una mujer difícil de impresionar. Mónica se mete a su habitación y sale un poco más vestida. *Pants* que en las nalgas dicen algo en inglés, la misma camisetota deportiva, los tenis que Alma usa para correr los sábados.

—Bueno, voy a la papelería, ahorita vengo —dice y abandona el hogar.

Alma Delia se reclina en el sillón. Se acerca una caja de cereal y lo come a puños, sin elegancia. Trata de no tirar moronas al lustroso suelo de rombos ahora lleno de pelos de gato negro. Busca su teléfono para ver si ha recibido un correo pero se da cuenta de que su hermana se lo llevó consigo. La maldice en silencio. Su hermana. Ajá. No sabe aún cómo manejarlo. ¿Decírselo, acaso? Detrás de la puerta, hombres sucios suben muebles pesados con maestría. Allá llevan cargando su actual colchón con tres quemaduras de cigarro. Suben cargando el escritorio al que ella misma decoró con pintura de acrílico. Los empleados de la mudanza, todos en overol sin nada abajo, cargan como hormigas el pupitre escolar que Alma forró con un papel de Tortugas Ninja en primero A para impresionar a un niño, la máquina de coser con pedal que usaba su madre, el ataúd humilde de su abuelo, el asiento trasero de un Galaxy azul en el que perdió la virginidad mientras iban a toda velocidad rumbo a Satélite. Suben, a regañadientes, un librero lleno de libros de cocina que acabaron suplantando a los libros de periodismo que acabaron suplantando a los libros de leyes. Alma siente que un astro se derrite debajo de su ombligo. El gato se acerca reclamando atención pero, influenciada por los correos de Emiliano Zapata, lo aleja escupiéndole humo a los bigotes. Piensa en que sería genial apagar el porro en la cabeza del minino. Veloz, éste sale de la habitación maullando. Si en un programa de concursos le dieran a elegir a Alma entre una camionetota de señora o la tranquilidad emocional de su hermana Mónica, elegiría el vehículo. Llora invisible. No se sacaría la comida de la boca para darle de comer a su hermana. No le donaría sangre. No le permitiría que copie en un USB los discos que bajó anoche. Ya no. "Se te acabó tu pendeja, hermanita", dice en voz alta. Llora invisible, se traga el cereal casi sin masticarlo. Una mujer aparece de pronto, al centro de la sala con los brazos cruzados. No es una mujer. Es una niña. Llora y moquea. Su cabello es trigueño, cortito como de juguete. Flaca hasta decir basta. Piel color cerámica. Trae puesto un vestido monísimo de flores o mariposas. Ojos del color del revés de un disco compacto. Habla en un idioma de momento ininteligible.

—Verga, otra vez me vendieron tapete —dice Alma, tosiendo humo.

Apaga el cigarro y se le queda viendo. Lo primero que piensa es que se trata de ella misma a los once años. Pero no, nada tienen en común ella y esa aparición súbita, ningún rasgo afín. La chica baja ambas manos y se presiona el vientre, palpándolo como si buscara señalar un dolor interno. Se hinca. Su rostro se transforma en una bolita de papel mojado. Gime de dolor. Alma se acerca a la niña y la ayuda a incorporarse. Le pregunta que quién es, que qué hace ahí. Por respuesta sólo recibe bramidos como salidos de otra era. La coloca en un tercer sillón de cuero color ocre. La chica se está fermentando en calentura. La sensación pegajosa de hervor se le queda en los dedos a Alma, se los chupa. Saben a sal. Cierra la puerta. Va a la cocina por una jarra de agua. En ese momento se acuerda de que Mónica mencionó a una amiga en cama. Respira hondo. Se frota ambos ojos. No, eso no elimina mágicamente a la chica. Otro avión pasa en las alturas, esta vez musicalizando la desesperación de Alma. Temblando, sirve un vaso y se lo bebe casi sin el trámite de la garganta. Llena otro más y se lo acerca a la desconocida. Ella abreva, debilitadísima. ¿Estará cruda?, se pregunta Alma, olfateándola.

—¿Quién eres? Ahorita regresa Moni. ¿Salieron anoche de fiesta?

La chica no responde, sólo observa a Alma, le tiembla la barbilla, está pálida como una suela muy desgastada. Sus ojos vagan holgazanes de arriba abajo. El agua le sabe amargo. A Alma le parece, de súbito, hermosa.

—No encuentro mis lentes —dice la desconocida, mandona, señalando hacia la habitación—. No sé dónde los dejé.

Alma corre hacia el cuarto de su hermana. Enciende la luz pero no se ilumina nada. Hay un papel celofán rojo encima del foco, tontamente aferrado con cinta de aislar. Mónica le improvisó una cama a su amiga colocando un montón de ropa sucia en el suelo. Reconoce varias prendas suyas entre el tinglado. Alma se recuesta ahí y piensa dónde sería humanamente posible dejar unos lentes. Adentro de un zapato los encuentra. Alma sale y le entrega los lentes, ésta se los coloca y se le queda viendo. Se miran reconociéndose, como dos héroes en billetes idénticos que coinciden en lo oscuro de la cartera. Al silencio lo quiebra un lamento.

—Voy a llamar a un doctor.

—No. Mis papás no saben. Qué clase de servicio es éste.

—¿Tienes hambre?

—Simón dijo que incluía tres comidas.

—¿Simón? ¿Quién es Simón?

—Me duele —dice la chica—, me duele aquí y siento los senos hinchados, siento como si me hubieran sacado el interior, como a un pavo —la niña llora sendos lagrimones cristalinos—. Creo que lo vi. Lo vi flotando en una cubeta llena de sangre. Había muchas cubetas, en fila, pegadas a las paredes.

Sus hombros suben y bajan. Alma nota que el sillón de cuero color acre está lleno de sangre. Entiende todo.

—Hay que asearte. Cambiarte la ropa. De perdida darte algo para la inflamación.

—El doctor dijo que nada de duchas. ¿Sí sabes lo que estás haciendo?

—Ya. Tranquila. Lo que no puedes es hacer esfuerzos físicos. Yo te limpio.

Alma carga a la chica hasta el baño, le ayuda a desnudarse. Templa el agua, se encarga de modular la violencia del chorro. Le pide que se acuclille en la tina. Le pasea la esponja por el cuerpo. Le pide que deje de llorar. Por un segundo le envidia el talle y los senos. La piel sin mácula. La niña gimotea. El cabello mojado se le reduce aún más. Reconfortada por el agua, su delgadez es la de una bailarina en pintura antigua. Alma se sacaría la comida de la boca para darle de comer a esa jovencita. Le donaría parte de su sangre, le obsequiaría toda la música que la ha conmovido en las diferentes etapas de su vida, si fuera necesario la masturbaría una vez por semana.

Llora invisible. Algo religioso y por ende místico sucede en ese sanitario. Alma siente que lleva encima el peso de la gracia de dios pero duda que pueda soportarlo. Le indica que ella misma se asee el sexo. Con cuidado y sin incorporarse. Quedito, le dice, a manera de instrucción precisa, quedito. La niña le hace cara de fuchi. Alma va a la cocina. Se seca la frente con el trapo de los trastes. Prepara una sopa de municiones. Le marca a Alma pero una voz robotizada le indica que está fuera del área de servicio. Enciende su porro pero no fuma. Observa la fresita abrasándose. No necesita asomarse a la mirilla para saber que los empleados de mudanza están trepando un sillón de cuero color ocre.

Entra Mónica comiendo una paleta de limón.

—*Come, came, come*. Ya llegué —dice feliz.

—¿Dónde andabas, Mónica? Te llevaste mi teléfono.

—Quedamos en intercambiarlos, ¿no?

—Te estuve marcando al tuyo.

—Ah, lo traigo apagado. Fui a imprimir mi pase de abordar y aproveché para pegar varios de estos en todo el vecindario —y le muestra un par de fotocopias del anuncio del gato perdido con los ojos brillosos.

—A ver. Sin mentiras. Tu amiga abortó hoy mismo o ayer. Dime. Para saber si es grave que le duela tanto.

—No es mi amiga. Te dije que no hablaras con ella.

—¿Quién es Simón?

—Mi contacto en Michoacán.

—¿Estás rentando nuestra casa como hotel?

—Es mucho mejor que eso. Checa: la Ciudad de México es el único lugar del país donde es legal practicar un aborto. Hay un éxodo masivo de chamaquitas embarazadas que vienen de todo el país. Pero necesitan estar en reposo por lo menos un día, no pueden regresarse en camión a sus rediles luego luego, ni estar aguantando los megacólicos en el Quiosco Morisco, güey. Ahí es donde entramos tú y yo.

—Estás de la verga, Mónica. Estás muy de la verga. De todas tus pendejadas esta es la más insensible, egoísta y…

—Ganamos mil pesos por güera de rancho. Es un negociazo. Te toca el veinte por ciento. ¿Le entras?

—¿De dónde salió esa mocosa? Es una niña, carajo. Si le pasa algo es tu culpa, ¿te das cuenta?

—¿Mi culpa? Ah, chinga. ¿Yo la embriagué con Aguas Locas adulteradas? ¿Yo me puse a perrear con ella? ¿Yo me la cogí en la milpa con mis cuatro compadres? No, señor. Yo sólo ofrezco tres comidas y una cama donde sobrellevar los dolores normales de un aborto asistido y consensuado. Mañana ya va a estar concursando para ser reina del carnaval o reprobando Filosofía. Tú tranquila. Es chamba. Te compré unos duraznos, mira…

—No quiero tus duraznos. Mamá me llamó y me dijo que no eres mi hermana.

—A mí me dijo lo mismo. Vieja borracha. Son en almíbar, tus favoritos.

—Mónica, ¿qué edad tiene? ¿Cómo se llama? ¿Cuántos meses tenía el feto?

La paleta se derrite, goteando redondeles verdes de diferentes diámetros sobre el suelo de Pierrot. Alma respira hondo. Se frota ambos ojos. No, eso no elimina mágicamente a su hermana. Un avión pasó y ni se dieron cuenta.

—Seis semanas —dice la niña, empapada, sin poder ocultar el rostro de dolor, de culpa, de miedo—, devuélvanme mi dinero, está muy gacho su servicio.

—¡Trae puesta mi toalla! —grita Mónica.

Alma toma a la chiquilla del brazo y la lleva hasta su habitación. La ayuda a secarse. La arropa aún desnuda.

—Voy a lavar tu vestido. Duérmete y mañana hablamos, ¿cómo te llamas, bonita?

—No eres mi madre. Ni mi hermana mayor. A lo mucho eres mi cómplice. Asesinaste a mi hijo tanto como yo.

—¿P…perdón?

—¡Tráeme un té! Devuélvanme mi dinero.

Mónica sale del departamento. Sube las escaleras con la doble intención de espiar si los nuevos vecinos están guapos y de buscar al gato. Son una pareja de ancianos y el animal maúlla en un escalón, esperándola. Lo toma en sus brazos. Siente las garras rasguñándole la muñeca sin herirla, el pelambre estirado y marrano. Llega hasta la azotea y retrata de nuevo al minino, usándolo de bufanda. Esta vez sin flash. Sube la foto a internet junto con el siguiente mensaje: "¡Apareció Crinolina! Fue todo un show, hubo que perseguirla y me tuve que meter debajo de un coche pero la logré atrapar. Por fin alegres y calientitos en casa de nuevo. Pobre, estaba muy asustada. Gracias a quienes compartieron mi post".

MAIL ENVIADO POR EMILIANO ZAPATA
A ALMA DELIA

Qué bueno que te parecí atractivo en los videos donde salgo dándole rodillazos a una familia de hámsteres, Alma. Me llenas de esperanza. Dice Graham Greene que hacen falta dos para que algo siga siendo verdadero.

Los animales no tienen sentimientos. Me chocaba cuando las personas entraban a la tienda y, señalando al perro en venta, decían cosas como: "Éste se ve bien inteligente" o "Míralo: está triste". Bola de imbéciles, se quieren reflejar ellos mismos en el animal enjaulado. Son la misma gavilla de tarados que encuentran gestos humanos de tristeza o alegría en la conjunción de dos puntos, un guión y un paréntesis abierto o cerrado. Ni los compraban a la mera hora. A los perros, digo, y retomo: los animales no sienten. Al menos no como uno cree. Quizá podríamos ponerle nombres distintos a la forma como prevén peligro o son zalameros. Pero ¿tristeza en un perro? ¡Por favor! Y dolor mucho menos. Se les olvida luego luego que les diste un coscorrón o que tú fuiste quien les quemó los colchoncitos de sus patas con un encendedor.

Te quiero contar algo, espero que no te parezca desmedida la longitud de este correo. Hoy por la tarde mi madre gritaba el nombre de mi hermana incentivándola para que bajara a comer. Su nombre a todo volumen será lo último que le diga en semanas. Apenas vea que se pintó las greñas le retirará el habla de manera indefinida. Otra vez. Imagínate si se enterara del tatuaje que se hizo en la espalda. Un yinyang estupidísimo formado por dos gatos, uno negro y uno blanco. ¡Hazme el chingado favor! El mal gusto de mi hermana es tan sobresaliente como su estupidez. Encontré en internet unas fotos en las que sale disfrazada de cachonda Sailor Moon con sobrepeso. Gracias a eso no puede reclamarme nada de lo ocurrido. Si quieres te las mando pero realmente no te pierdes de gran cosa. Mi hermana sabe que su paz en esta casa depende de que yo no vaya con el chisme acerca de sus "sensuales" apariciones en convenciones de cómics.

Prosigo con mi crónica. Imagina la situación. "Gisela, chingada madre, ya baja", grita mamá, y coloca tres platos en la mesa. Tres vasos con agua de limón. Tres juegos de cubiertos. Un pollo rostizado adentro de una bolsa de plástico encima de un plato de Disney World. Yo estoy sentado en la cabecera desde hace rato, haciendo hambre, pensando en mis asuntos, con una sonrisa engrapada al centro de mi rostro a pesar del tenue dolor de sienes que me ataca por las tardes si estoy en ayunas. Miro lo que será nuestra comida de hoy. El mayor invento creado por el hombre: delicioso animal muerto pasado por fuego y sazonado con deliciosas especias. Los vapores del animal empañan las paredes de plástico, atadas con una liga cansada de ser liga con un nudo harto de ser nudo. El pollo, en cambio, se vivifica gracias al enrojecido achiote. Imagino al pollo tostándose lentamente. Lo pienso girando dentro del rosticero hasta volverse crocante y escurriendo apelotonada grasa, misma que mañana temprano será un apestoso río dorado que escurrirá una banqueta de la ciudad. El pollo rostizado contrasta con la dulce vajilla de mi madre. Platos y cubiertos atrapados en el tiempo, trastos de cuando éramos niños, ya agrietados y sin un color fijo.

"Gisela, a comer", reitera mi madre, ¡y lávate las pinches manos!

Adoro esa capacidad barriobajera de mi madre de colocar la palabra "pinche" en sitios donde regularmente nadie lo hace, su personal forma de reinventar el mundo. Ejemplos sobran pero mi favorito siempre ha sido:

"Miren, a ese niño se le escapó su pinche globo".

Becario es nuestro gato muerto. Quiero decir: era nuestro gato. Aún hay vestigios de su presencia en toda la casa. Su plato del agua, fotos suyas enmarcadas pobremente, el collar con su nombre que mi madre atesora entre suspiros y usándolo de llavero. En el nombre llevaba la penitencia: fue con él con quién empecé a entrenarme en los brutales y tenues almíbares del maltrato animal. ¿Jamás te lo he contado, verdad? Escribo tantos correos al día que ya no sé qué le he revelado a quién. ¿Qué ha pasado con tu hermana putativa? ¿Se fue ya al Polo Norte? ¿La corriste? Perdóname por sólo hablar de mí.

Hablando de tatuajes idiotas: vi en internet a una chica que se tatuó en el brazo una moña con el nombre de su perro y la leyenda: "Primer lugar en ser su dueña". Cómo no voy a tener jaquecas si me rodea tanta estulticia, Alma. En la secundaria salí con una mujer que me llevaba quince años de edad y le llamaba *perrhijos* a sus dos pugs. Hace poco vi fotos recientes y la mujer, ahora cuarentona, pasea al par de envejecidas mascotas en carreolas para bebés. ¿Perrhijos? Lo único que se esperaba de ella es que fuera madre, que se reprodujera; que ése y no otro es el objetivo único del ser humano, su papel por cumplir en esta joven Tierra de Dios: poblarla. Y hay quien ni eso. ¡Perrhijos, maldita sea! La migraña se agita adentro de mi cráneo, aumentando suavemente en fuerza.

¿Tienes tatuajes, Alma? ¿Algún impulso de juventud ahora despintado y triste?

"Gisela, es la última vez que te hablo", grita mi madre. Y en efecto, será la última vez que le hable en un ratote. A su vez, y desde que ocurrió todo el incidente del "mundo de lágrimas rojas" mi hermana no me habla a mí. Esta familia es como el sendero al que van a encontrarse los últimos ecos de varios gritos de diferente origen. Lo normal en una familia, vaya.

¿Googleaste lo del "mundo de lágrimas rojas"?

Es divertidísimo. Épico. Un grupo de terroristas electrónicos vio mis videos en la deep web. Indignados, los hicieron de dominio público. Gracias al ocio general, disfrazado de indignación, llegué a aparecer hasta en los noticieros de la tele, en el de la mañana y luego en el de la tarde y luego en el que pasa las 24 horas. Estos hackers enmascarados dieron una fecha límite para que yo ofreciera disculpas o de lo contrario darían a conocer mis datos y los de mis parientes. Para no hacerte el cuento largo, ignoré la amenaza y ahora en el jardín de la casa hay hospedados varios grupos de animalistas rabiosos pidiendo mi cabeza. El otro día mi madre les compró tamales a todos. Tamales de rajas, obvio. A veces fantaseo con que tú misma eres uno de ellos.

Ya me estoy desviando otra vez. Retomo mis apuntes de lo ocurrido ayer:

Me gruñe la panza, mis tripas exigen saciedad. El pollo rostizado adentro de la bolsa se pandea por el peso y los jugos de hasta el fondo se derraman tan lenta como velozmente por el cuello de plástico, que gotea y ensucia el mantel que era blanco y ahora es rojo. No pienso ofrecer una disculpa. Estos animalistas realmente no quieren mi cabeza: son cobardes y civilizados. Satisfechos estarán con arrojarme una cubeta de sangre. Ésa es su enormísima venganza, su supuesto "mundo de lágrimas rojas". Les urge contratar mejores redactores a estos extremistas de tres pesos. Leo desde mi ventana sus pancartas en mi contra. Han grafiteado las paredes externas de la casa de mi madre con la palabra *asesino*. ¿Yo? Asesino. Ni siquiera maté nunca directamente a uno de los animalitos del Señor que caían en mis manos. Era justamente lo contrario: demostrar que no sienten, que no tienen memoria a corto plazo, que no meditan sus cariños y llantos. Me estoy repitiendo a mí mismo. Bueno. La muchedumbre iracunda ha establecido un campamento que no se irá hasta que yo no termine en prisión. Ignorantes. No hay delito alguno en hacer volar a un ratón en mil pedazos. ¿Sabías que el texto que aparece al final de las películas, "ningún animal fue lastimado en la filmación", es sólo una cuestión de cortesía? Una simple forma de curarse en salud.

"Domestícame" es lo que el lobo le pide a Principito. Domestícame y no "ámame" o "venérame" o "no me partas en dos".

Yo no salgo de la casa ni de chiste. A falta de pan, tortillas, pensó la turba, y empezaron a agredir a mi hermana que tiene que ir diario a su chamba en una estética de centro comercial. Con uno de esos cubetazos de sangre le arruinaron una playera nuevecita. Y cuando la metió a la lavadora, el tinte coloreó otras prendas. El mantel, mis chones y calcetines. Es como si todas las cosas que nos rodean quisieran hacerme sentir culpable. Pero yo no me siento culpable. La casa está roja. Roja.

Mamá grita y grita, su mandil también está decolorado en carmines sonrosados. Me coloca un plato caliente de sopa de letras, despeina mi fleco con una caricia torpe. Ha asumido al encierro con cierta filosofía: "Así me evito tener que ir al mercado", dice, quejándose de las propinas que tiene que darle al chico de la entrega a domicilio. Veo lucecitas frente a mí. Las migrañas me tienen más disminuido que de costumbre. Acerco el rostro al humo del caldo y mis gafas se empañan. Por unos momentos descanso por completo de lo que me rodea. Pienso en los chillidos secos de varios perros. En el cohete atado a la panza de aquel cachorro mestizo que falleció sin nombre. En el olor a pelos quemados, en la aguja entrando a la piel. Pienso en Becario amarrado en la azotea.

"Come que se enfría", me indica mi madre y toma asiento a mi lado. Abre el paquete con el pollo rostizado. La pieza se llena de aquel aroma a merienda que fue carne o que fue piel. Nací varón, y eso hace que mi madre me confiera una superioridad tácita. En otras palabras: la única pechuga del pollo será para mí. Veo sus manos espulgar el alimento; arrancarle las diferentes secciones. Los dedos de mi madre se embarran de rojo achiote. El dolor de cabeza se agrava.

"¡Ah, chinga!, este pollo no trae pinche pechuga", dice mi mamá con sus manos hundidas en la carne tierna del pollo adobado.

Es una de las señales. Te lo dije en nuestro primer correo. Bajo la mirada tratando de evitar el reflejo del sol en las cosas. Los ojos me arden, víctimas de quién sabe cuántos insomnios. En el borde del plato veo que he escrito la palabra *asesino* con las letras de pasta. Me pongo de pie, asqueado. Quiero devolver el estómago. Subo al baño, a pasos agigantados, llego hasta arriba. Empujo la puerta del sanitario con toda mi fuerza. Descubro a mi hermana llorando adentro de su disfraz de Sailor Moon enrojecido, coloreado de sangre. Ella se arroja sobre mí y me araña el rostro. Yo no paro de reír.

Detengámonos aquí, en el tontísimo drama doméstico que insisto en relatar, Alma. Anexo a este correo la dirección de mi hogar. Apenas tengas una tarde libre ven a verme. Estaré esperándote para que juntos planeemos los pasos a seguir de cosas aún sin nombre pero que te incluyen.

E. Z.

La mujer trofeo de Biuti Full observa el collage involuntario que forman las revistas en el aeropuerto.

Desde que anda con el músico no la toman en cuenta para ninguna sesión de fotos. Como guasa ya estuvo, piensa torciendo la boca. Ni siquiera haciéndole a la lesbianada de a mentis o con la playera de algún equipo de fuchibol pintada en sus chichis. Nada. Canapé que se acaban comiendo los meseros, sobrevive de edecarne en eventos de automóviles 2017 aunque sigamos en el 2016. Y ella se siente, literalmente, como modelo del año pasado. Rasguñando con sus uñas de machín gelish lo que le queda de juventud, recuerda con cariño cuando una versión tamaño real de ella misma, en cueros y con las costillas reducidas computacionalmente, decoraba cada una de las esquinas de las ciudades en los puestos de periódicos. Treinta días le duró el chistecito. Se sentía soñada, la divina envuelta en huevo, mírame pero no me toques. Según los cálculos que hizo se le paraba la ñonga a un peatón observándole el traste una vez cada diez minutos, aprox. ¡Ésa es mucha ñonga parada! Pero todo se vino abajo desde que anda con ese pinche reguetonerillo de cuarta que le cisca las chambitas más candentes. Irónicamente él se enamoró de ella viendo uno de esos carteles en la calle. Él dijo en una entrevista que hasta se bajó del auto, compró el cartón y le dijo al cielo: ésta va a ser mi esposa. Pero, del anillo, nada. Y ya pasó más de un año. No sabe cómo mandarlo a chiflar a la loma. Méndigo tarado que se subió en su kilo y medio de tortillas y ya se cree el muy verga. Anda muy raro últimamente. Qué mosco le picó a este arrastrado, se pregunta. Hace unas noches la despertó alocado diciendo que se le había aparecido un fantasma.

—¿Estás seguro de que era un fantasma, negro?, ¿no era uno de tus amigos bien arrebatado? —le preguntó ella, semidormida.

—Flotaba encima de la alberca. Era Carlos Gardel y se veía cangri, impecable con blinblin pero, de la cintura para abajo, nada.

—Ya no tienes ocho años, Biuti. Todos sabemos que necesitas lentes.

Pero necio estuvo jode y jode toda la madrugada. Apenas se hizo de día le llamó a su representante para contarle y describírselo.

—Es Carlitos, cabrón, se te apareció el pinche padre del tango —le respondió de broma el representante. Tomándolo muy poco en serio.

—Y ando limpio. No me he metido nada en varios días. Esto es una señal.

Sí, es una señal. Una señal de que ella tiene que salir corriendo cuanto antes en la dirección contraria. Claramente le dijo: "No te voy a acompañar a ese viaje de hueva, ¿Alaska? ¡Mangos!, pinches labios de la vagina se me van a partir por el frío". Pero él, a gritos y golpes en la pared y llamadas al representante, la obligó a ir. No como su pareja sino como una de sus bailarinas perfectamente coreografiadas para jamás salir bien en las fotos. ¿Ella? ¡Miss Septiembre del 2009 en la *Playboy* latina! ¡El round 8 de la segunda pelea entre Pacquiao vs. Márquez! ¡La flamante chica Gana-gol del mundial antepasado! Ella, que se fletó en sus inicios dirigiendo uno de esos programas de concursos en vivo que duran toda la madrugada y a los que habla puro borracho tratando de adivinar qué insecto empieza y termina con la letra "a". Ella, mujer trofeo de delanteros, púgiles y DJ's, reducida a una bailarina más que tendrá que usar el mismo atuendo que el resto de gatas taqueras esas. ¡No lo resiste! Las ha visto contonearse alrededor del hombrecito ese. Baileoteando con una sonrisa amplia y sus tetas que de tan operadas y duras tardan un segundo en girar cuando ellas ya lo hicieron. Putitas gordibuenas bajadas del cerro a tamborazos, chaparras, prietas y mal rasuradas. ¡Dios la libre!

Con todas ya tuvo sus quereres el Biuti Full pitofácil. Todas protagonizaron alguno de sus videos musicales que no son sino copias chicharroneras de las peores escenas de las ocho películas de *Rápido y furioso*. No las supera, el inepto. No puede. Llora en los finales. Y en sus videos sí sale muy cabroncito, muy todasmías y listo para el momento de los chingadazos. Pues sí, ni modo que en medio de una toma se vaya a estrellar contra el camarógrafo porque cada vez ve menos. Ni modo que en medio de la peliculita esa salga pidiendo ayuda para escribir su nombre en una fotografía. En esos videos no sale todo meado de miedo porque se le apareció, según él, un espectro diciéndole que mastique bien la comida y no ande descalzo. Porque eso es lo que necesita ese pimpollo, una mamá que le limpie la babita y le cambie el mameluco. Y no una mujerona como ella que ubica precisamente en qué momento hay que apretar la panocha para embrujar a los hombres y que te aflojen la tarjeta de crédito adicional.

No sabe, no sabe cómo mandarlo a la goma.

La mujer trofeo de Biuti Full tendrá que viajar con las pirujas fluorescentes esas, seguramente las encerrarán toda la semana en una misma habitación de hotel sin room service y con el frigobar y sus botellas liliputienses cerrado con candado por aquello de la maxiputería que las distingue aquí, en China o en el pueblo ese gélido de nombre impronunciable al que se dirigen. Chonchimamis con las panzas deshidratadas y tatuajes tapándoles la cesárea; pelitos en los brazos coloreados con chela; pestañas falsas y exageradas como códigos de barras; ropa con animal print futurista; maquillaje de fayuca, aunque ya les alcanza para el bueno; echándose pedos dormidas, que es cuando ellas mismas se lo permiten. ¡Ah, pinche tarugada en la que se vio involucrada!

Le choca estar ahí. Le requetemputa. Le cae en la punta de la verga. Aquí que nadie se haga conjeturas. Ella es machita de ésas que mantienen a un chilpayate producto de una pasión no correspondida. Su criatura de once años con nombre de Backstreet Boy se quedará todo este tiempo en casa de su abuela desayunando, comiendo y cenando, viendo caricaturas y recibiendo lecciones de piano, durmiéndose a sus horas.

Qué rápido se va el tiempo, qué rápido se pierde la primavera en el corazón. Pero más en las portadas de las revistas. La mujer trofeo de Biuti Full se da cuenta de que, peligrosamente, se están poniendo otra vez de moda la anorexia y la bulimia. ¡Santa diosa de la guácara! Se busca la calaca debajo de sus capas de morena piel, carne buena para sudar dando placer postrada sobre los cojines con que se cuente. No hay calaca. O bueno, muy hasta el fondo. ¿Están en boga los pantalones hasta las caderas combinados con una ombliguera? Pues a ella no le va a favorecer tanto esa indumentaria, y los vestidos de una pieza como con pañal la hacen ver aseñorada. Los pantalones de lápiz la transforman en un tamal. Tamal de dulce, por lo enrojecida que le queda la piel ahí toda embutida. El otro día se probó una torerita y más bien parecía botella de champagne con el pico dorado. ¡Caderona insípida!, se dice a sí misma. Es como si sus únicas opciones fueran ser vulgar o ser vulgar. Se pone triste. Cambia de estante. En los periódicos de nota roja lee encabezados con juegos de palabras colorados y la foto del muertito que entregó la noche anterior todo bañado en cátsup y al lado de una retozona voluptuosa barata, barata. Ya ni para la página 3 del *Ovaciones* la contratan. Ya ni eso. Ahora mismo están naciendo dos salvadoreñas que segurito le bajarán chambas. En otro magazine lee que la realidad virtual está más cerca de lo que creemos. "La realidad virtual es una mamada", dice ella en voz alta. Se le queda viendo la ruca que atiende. En un cómic observa la cintura irreal, los labios irreales y las bubis irreales de una supervillana escotadísima y en tacones de aguja. Ay, ajá.

Triste regresa hasta donde el reguetonero está en la sala de espera debajo de una capucha y detrás de unos lentes oscuros de avispón para que no lo reconozcan. Anuncian que su vuelo seguirá retrasado.

—Cáete con una luz, Biuti, que quiero llevarme unas morelianas, mole y un tequila al otro lado del cachetón. No tengo cash, vale.

Quizá lo que pasa con las nubes de las ciudades es lo siguiente:

Debido a que construimos edificios cada vez más y más altos cuya superficie es, en la mayoría de los casos, un enorme espejo vertical, las nubes se han vuelto vanidosas. Se observan a sí mismas modificándose milimétricamente y hasta conseguir formas irrepetibles que conmuevan el corazón de los hombres. Sonrosadas, preñadas de lluvia, castigadas de esmog o lechosas, para todas ellas el cielo es un constante concurso de belleza.

Sólo así se justificaría la forma desinteresada en la que las nubes se despliegan flojas y sin tensión en los huecos del planeta sin edificaciones. Todas encabalgadas y haciendo legión. Lucen estancadas. Son, y ya, testigos de primera mano de la gracia divina. Se conforman con eso. Desde la ventanilla de un avión esta circunstancia es todavía más evidente. El revés de las nubes es un luminoso charco de tres lluvias, setenta lluvias, mil millones de lluvias. Empachado de cielo, Luis Pastrana cierra la ventanilla y lee en su computadora: "Miro un árbol. Miro un árbol hasta que me da miedo…"

Decidió que retomará su novela, aprovechando que estará unos días lejos. Es realmente poco lo que se le exige al creativo en una producción de estas características. Todo ya está planchado en juntas y juntas y juntas y hay gente experta desempeñándose hasta el desvelo para que todo salga bien. Un documental acerca del concierto de Biuti Full en Alaska, traído por Pepsi. ¿Qué puede salir mal? Básicamente son unas vacaciones con todo pagado en un sitio que él no eligió con gente con la que no quiere estar y teniendo que despertarse muy temprano y sonriendo. Van Lola, él y la chica nueva de cuentas que suplantó a Ágata. Una veinteañera flaca y muy callada que se dio de besos con Cafiaspirino en la fiesta de fin de año. Primero harán escala en una ciudad base de Norteamérica. Y de ahí hasta Anchorage, capital de Alaska. Luego tomarán otro avión ya local rumbo a la isla donde "se armará la machaca", como decía el mail con copia a Sergio Promo. En total y sumando los tiempos de espera en los aeropuertos, harán trece horas desde la Ciudad de México hasta la bienvenida ritual que le tienen preparada los esquimales nativos a Biuti Full. También eso decía el mail. A Luis le duele la cholla. Si bien le puso un alto a su concatenación de borracheras, no alcanzó a recuperar fuerzas en los dos días de abstinencia previos al viaje. Suda frío, tiene nauseas. Duda haber empacado suficiente ropa. No lleva pasta ni cepillo ni champú ni chanclas ni pijama ni desodorante. Es como si su maleta la hubiera hecho él mismo de niño.

—¿Qué escribes? —le pregunta la chica sentada a su lado.

Obviamente Luis ya la había notado. Desde la fila para documentar equipaje. Observándola en la sala de espera cruzó los dedos para que le tocara a su lado. Cuando notó que los Hados habían escuchado su súplica prefirió hacerse el dormido durante el despegue y luego ignorarla pero pretendiendo llamar su atención siendo exageradamente amable con la aeromoza. Apenas suman una hora y media de vuelo. La chica es hermosa, como ciertas nubes vistas desde un edifico alto.

—Va a ser una novela.

—Órale, eres escritor. ¿Tienes novia? Todas las mujeres quieren andar con un artista ¿Eres bueno o mñe? ¿Sí deja lana la literatura?

—No soy escritor. Estoy retomándola apenas. Mira, una novela es como un bolillo…

—Más bien no desayunaste. A ver —ella acerca la nariz a la pantalla de la laptop—. No pues qué inspirado. Llevas una frase.

—Estoy atrapado en esa línea. De hecho no tiene nada que ver con la trama. Es bloqueo de escritor, supongo, o que tengo los oídos medio tapados. No tengo novia.

—Si fueras escritor sí tendrías, güey.

—¿A qué vas a San Francisco?

—De escala, rumbo a Alaska.

—¡No me digas! Capaz vamos a lo mismo. De hecho creo que todo el vuelo está lleno de gente de la producción, también viajan los extras. Yo soy el creativo por parte de la agencia. En primera clase va su Deliciosa Magnificencia Soberana El Rey Biuti Full Capuleto Balboa, ¿lo viste en el aeropuerto?

—¿Es al que cacharon leyendo un libro?

—Lo dudo enormemente.

—No, yo no voy a eso hasta tan lejos. Aunque mi visita al estado más grande de Norteamérica, con una superficie total de 1.717.854 kilómetros cuadrados, también tiene que ver con música.

—Wow. Y sin redondear. ¿Entonces a qué vas?

—Estoy haciendo un documental. Me encontraré con unos amigos allá. Checa: en Alaska el género musical que más se escucha es el heavy metal. Hay más bandas de heavy metal que gasolineras. Y todas se van a tomar fotos al bosque nevado para las portadas de sus discos.

—¿A un bosque en específico?

—Sí. Uno famoso por lo mismo. Nevado. Bueno, el caso es que es un problema bastante común que las bandas se pierdan durante sus sesiones fotográficas. Imagínate. Bosques llenos de cabrones matudos, panzones y rabiosos, extraviados, congelados o hasta muertos. De eso trata el documental. Yo soy la fotógrafa. Que diga, la asistente de dirección.

—Mi descripción de un metalero sería muy distinta. Soy de la idea de que todos estuvimos a punto de volvernos metaleros pero algunos alcanzamos a esquivar la bala. Me recuerdas tu nombre.

—No te lo he dicho. Me llamo Mónica Delia. Fui metalera seis años.

—Yo soy Luis Pastrana.

—¿Quieres chicle para tus oídos tapados?

Ella le acerca un paquete de goma de mascar. Él toma tres láminas, se lleva una a la boca y guarda dos en su bolsa del saco. Esto quizá sea el motivo por el que cesa la charla con la misma espontaneidad con que apareció. Mónica se coloca los audífonos de dona y observa retazos de varios filmes en la pantalla individual de su asiento. Los finales de tres churros. En algún momento se queda dormida. Luis observa de reojo el lento vaivén de su pecho respirando. Es linda. Reverse Cowgirl In Plane. Retoma su escritura. Avanza dos párrafos, que no lo convencen nada de nada. Los elimina. Al poco rato duerme también, con el chicle recargado entre las muelas de hasta atrás. Los despiertan para preguntarles si quieren lasaña o carne de cerdo. Ambos piden lo mismo. Comen en silencio. Ella retoma la plática:

—¿Y de qué trata tu novela?

Luis observa el mapa de trayecto que aparece como protector de pantalla en las teles. Ya llevan más de la mitad del recorrido. Bosteza.

—¿Mi novela?

—La que estás escribiendo.

—Ah. Pues. A ver. Es de ciencia ficción.

—Cuando me muera voy a donar mis órganos a la ciencia ficción —lo interrumpe Mónica, como si más bien acabara de confeccionar un tuit.

—Se supone que es un mundo muy parecido al actual, es decir, con los avances tecnológicos actuales. Sólo hay una diferencia. Ya se han inventado los viajes por teletransportación. No sé cómo explicarlo.

—Me parece que la teletransportación a estas alturas ya se explica por sí misma. A estas alturas de la vida, no a estas alturas de la atmósfera. Bueno, sabes a qué me refiero.

—Ajá. Te metes a un portal en tu casa y sales en París. En cuestión de segundos puedes viajar de un lado del planeta a otro. Sólo tienes que comprar tu máquina Warp. Pero hay un problema. El invento aún no está perfeccionado así que es probable, si alguien más está viajando en ese momento y se entromete en tu trayecto, que acabes intercambiando brazos u orejas o un ojo o hasta los genitales. ¿Me explico? Todas las partes de un ser humano son intercambiables. Para ahorrarse el tráfico pesado o los viajes en avión engorrosos, la gente sacrifica la entereza de sus cuerpos. Es, de alguna forma, una comedia. ¿Viste *Brazil*?

—Está supervergas esa historia, no manches. Es como cuando te masturbas.

—Idéntico, no sabes. Me siento muy comprendido.

—No, bueno, o sea, cuando una se masturba va construyendo en la mente a una persona que no existe y que tiene los labios de tal exnovio, las nalgas de tal actor, la ñonga de un negrote. Y al final acaba cogiéndote Frankenstein de perrito mientras te dedeas.

La aeromoza pasa a recoger la basura. Los rodean los sonidos de un avión. Los lánguidos retortijones de un aparato flotando en medio de la nada. Luis Pastrana observa las nubes. Parecen la copa de un árbol descomunal.

—Bueno, pero qué más pasa —insiste ella.

—Explícate.

—Ya tienes la idea, pero qué pasa. ¿O tus personajes se la pasarán viendo árboles con miedo? Que pasen cosas. Que te toque llevar los ojos de un asiático o, no sé, ¡de un animal! De un pony. La nariz de tu personaje principal la trae un obeso ruso en la antesala de la muerte, por lo que tendrá que olvidarse para siempre de ella o buscarla en una fosa común. Su boca la usa un alemán para besar alemanas. Sus ojos ya se extraviaron, imposibles de rastrear. Algo así.

—Es lo que no tengo tan claro.

—¿Y qué tal si hay un grupo de personas que se rehúsan a usar los "beneficios" de la compañía de máquinas Warp? —agrega ella emocionada—. Estas personas aún se trasladan usando carreteras y vehículos de ruedas. Obvio, los caminos entre ciudades son tierra de nadie donde vive la gente que aún mantiene sus caras y cuerpos originales.

—Puede ser. La historia se me ocurrió cuando leí acerca del primer trasplante a corazón de un hombre blanco a un hombre negro. ¿O era al revés? Bueno, lo realizaron en Sudáfrica.

—No seas mamarracho, ¿Luis, verdad?

—Todavía. Todavía Luis Pastrana. Imagina que nos conocemos en un café, ambos viajamos a Alaska en una de estas puertas Warp. Acto seguido, yo tengo tu barbilla y tú mi hocico.

—Ya dicho así, suena muy estúpido. Por qué no mejor escribes sobre mi vida. Antes de que me dé alzhéimer.

—Y el cine documental, ¿sí deja buena lana?

—Ah, no. Lo hago por caliente. Me quiero dar al guionista, un sueco.

—Caramba.

—Es broma. Realmente vivo del dinero que me manda mi madre. Ella es una actriz de telenovelas exiliada en Miami, medio alcohólica, medio chiflada y tan operada que parece ya uno de tus personajes —Mónica piensa que Alma Delia estaría orgullosa de ese súbito arranque de verdades dichas sin bombos ni trompetas—. Sí vi *Brazil*. Me gustó mucho en su momento. Es bonita pero triste.

Es mentira. No la vio.

Hubo quien se aguantó la risa o quien se lo tomó quizá demasiado en serio. En todo caso, y a manera de advertencia, cuando Luciana notaba que su pareja en turno comenzaba a comportarse como un afectado, le decía categóricamente y de preferencia desnuda: "No se te olvide que yo soy como el mar pero en morra".

Mejor se lo hubiera tatuado en un brazo y todos contentos.

1990. A los diez años participa en un programa infantil de concursos. Es un certamen televisivo que combina conocimientos básicos con paupérrimas pruebas físicas. Una de estas últimas consiste en arrastrarse a través de un tubo angosto y lubricado lleno de plumas de gallina y obstáculos de espuma; si demoras más de la cuenta un chorro de agua te expulsa a un supuesto fango. A pesar de que sale bien librada del agujero todo el público se ríe de ella. Por las plumas y lo enquistado de la cara. El comentarista le acerca un micrófono. La niña Luciana, mirando a la única cámara que en ese momento tiene un foco rojo encendido, dice: "Siempre he tenido una memoria estupenda; sentí como cuando salí del vientre materno". Se acaban las risas. Le dan un cheque inmenso que su padre reduce a dos carcachas de colección con placas del Museo del Automóvil y una cama infantil con forma de coche de carreras.

1980. Su madre la expulsa de sus entrañas. Es un alumbramiento casi anecdótico. Sin dolor, breve y perfumado. O eso presumía su mamá cada que pasaban afuera del lugar de los hechos. Ya no existe ese hospital: pusieron un Starbucks.

2012. Luciana da a luz a Lucas. Un parto largo y agotador. No ya doloroso. Todo el proceso, Luciana piensa en esa tortura medieval que consiste en que cada determinado tiempo te caiga una gota de agua en el cráneo, hasta agujerarlo. Acaba empapada, como jamás lo ha estado ni siquiera sumergida en una piscina. Aunque a sí misma se repite que no hay nada sobresaliente en el milagro de la vida y que la anteceden siglos y siglos de gente dando a luz, está feliz.

1991. A Luciana le baja por primera vez. El mundo, es decir la escuela de monjas, se divide en dos: a las que ya y a las que aún no. Desde que le explicaron lo que ocurriría con su cuerpo le suplicó a un dios desconocido ser la excepción a la regla. No quiere convertirse en un reloj de sangre. No quiere y no quiere y luego ya no hubo de otra. Por aquellas fechas también ve por primera vez un genital masculino en una foto del gigante Atlas que se pasan de mano en mano las niñas durante el recreo. Ella imaginaba que los hombres llevaban ahí en medio algo con forma de llave. La realidad le resulta desilusionante.

1992. Un hombre debajo de su paraguas cobra cinco pesos por leerte la mano. La excursión escolar es en el Museo de las Intervenciones. Ella se aleja del grupo dejándolo avanzar. Nerviosa va con el adivino. La moneda de cinco pesos jamás cambia de manos. El hombre andrajoso trata de agarrarle los pechos pero antes escudriña su mano un rato, en silencio. Le dice: "Aquí dice que tendrás un hijo y morirá". Ella sale corriendo. La encuentran llorando al lado de uno de los cañones que derrotaron a los franceses. Ella imagina que con esa arma habían asesinado por accidente a varias cigüeñas que transportaban bebés colgando del pico.

2013. Todos los días, Luciana encuentra en Lucas gestos, actitudes y detalles nuevos. Dejar de atenderlo por un segundo es perderse algo único e irrepetible. Un balbuceo, un menear de cejas, la sonrisa frente a ciertos juguetes, el miedo a los aplausos. Su bebé crece milimétricamente y ella renuncia a todo con tal de ser testigo presencial de esos cambios de nube. Ella lo vigila obsesivamente. Un día, espejo debajo de la nariz, el nene deja de respirar. Asustadísima llama a una ambulancia. Es la única vez que piensa que erró en no enterar al padre de la existencia de Lucas. Siente miedo y soledad. La voz del gitano de su infancia retumba como una matraca en su cabeza; jamás consiguió sepultar ese recuerdo. Al final todo es una falsa alarma. Uno de los paramédicos, una señora mal pintada, le dice que eso le pasó porque el niño no ha sido bautizado ante dios, en una iglesia. Luciana le teme a dios de nuevo, después de años que no.

1998. Luciana pierde la virginidad observando un foco que cuelga del techo. La mancha del encandilado en sus pupilas late al mismo tiempo que el cerrojo entre sus piernas se activa para el mundo. Le duele. Él es hijo de violinistas. Tienen la misma edad, ambos son nuevos en esos oficios. Cogen siempre en el suelo. Ella usa faldas cuando lo visita. Apenas los padres dejan de tocar sus instrumentos, se apartan en chinga, con los sexos empapados. Jamás en su vida volverá a padecer tantos coitos interrumpidos. "Es como un dulce entrenamiento", escribe en su diario. Todo es aventura y posiciones y sensaciones, una efervescencia. Cuando saben que contarán con más tiempo sin papás en la casa, hacen torpes y extenuantes sesenta y nueves. Se aman.

2000. Luciana deja al hijo de violinistas por un hombre once años mayor que ella. Un tipo inmaduro que un día se dedica al óleo y otro a la arquería. Se van los fines de semana a una cabaña a hora y media de la ciudad donde los colores lucen más vivos y las nubes se meten en la habitación si no cierras rápido. Luego de coger y comer en la cama, quedan las sábanas todas embarradas de frituras y manchas, aceite de aceitunas, jarabe, miel, semen. Él le dice: "Mira qué chiquero tenemos". "Nos lo merecemos", le responde ella. Éste es un momento fundamental en su vida. Merecerse el chiquero. Una vez, aprovechando el tráfico de Viaducto, con lágrimas en los ojos él le dice que de chico lo violaron sus primos. Luciana se siente culpable. No se explica las razones de ese sentir. Una navidad tiene que abrazar y felicitar a esos primos: corpulentos y torales. Ella los desea. Tampoco consigue entenderlo. El treintón le pone el cuerno con una brasileña y se separan. Regresa con el hijo de violinistas sólo para tronar definitivamente a los cuantos meses. Celos, inseguridad, cosas bellas ahora rotas y enmendadas con aparatosas moles de pegamento blanco. Luciana se da cuenta de que el catálogo de almas disponibles para amar es inmenso. Siente que envejeció demasiado rápido. El mundo se revela tal cual es. Cuando era niña le gustaba el brillo de las manzanas. Ahora ya sabe que ese centelleo no es sino una mierda que les rocía el fabricante. Todas las relaciones humanas llevan implícita su autodestrucción. Hay que prever ese quiebre para evitar dolores y maquillajes innecesarios.

2001. Luciana conoce a un periodista del *Excélsior* que también le lleva varios años de ventaja. Sale con él sólo porque se llama igual que el personaje de una novela que la conmovió. Un nombre por lo demás poco común. Ve en esto una indicación. El hombre es frígido. Se viene pero no goza. Le pone reglas a sus coitos: luces apagadas, sólo hoteles finos, jamás un segundo palo, no puede ella masturbarlo ni chuparlo. Al revés, sólo en ocasiones especiales. Durante toda su relación, dos angustiantes años, ella siente que ya es incapaz de dar placer. Suponiendo que un día pudo. La piel carece de memoria a largo plazo. Él desaparece de pronto. Se va a vivir a Guadalajara sin avisarle. La noche anterior incluso van al cine, comentan el filme adentro de un Volkswagen color hueso y se despiden, como si nada.

2014. Lucas es un niño normal. Come, caga y duerme bien.

2015. Luciana se da cuenta de que Lucas heredó de ella su "memoria fantástica" cuando lo cacha leyendo un cuento infantil. No es que entienda las letras y las palabras que éstas forman, simplemente el chiquillo memorizó el texto que ella misma tantas veces le leyó.

2003. Luciana sale al mismo tiempo con un músico frustrado que ebrio le avienta cosas y con un estudiante de leyes al que ella, a las dos chelas, le avienta cosas. Manda a volar a los dos el mismo día.

2006. Luciana se entrega de lleno a una odisea sexual. Su objetivo es descubrir qué tanto puede llegar a humillarse el corazón. Tristemente, las opciones legales y no enfermizas que la vida ofrece son pocas. Besos a otras mujeres en fiestas, sexo en el sanitario con tipos cuyo nombre desconoce, mamadas a hombres que no la atraen. En una ocasión se acuesta con un gringo viejo, violento y chillón, que vino a la Ciudad de México para actuar de cadáver en una película policiaca. En otra ocasión un tipo le orina los pechos. No pocas veces confunde amor con la emoción que la clandestinidad ofrece. Ser sólo cuerpo, comer boca. Incontables ocasiones acude con resaca a la pastilla del día después. Los domingos entra sola a la función más nocturna disponible y llora cuando Godzilla resulta ser una gigantesca lagartija embarazada o Marla y Tyler Durden observan edificios caer entre fuegos artificiales en forma de corazón y suenan los Pixies. Toma cursos de literatura. Escribe poemas sin métrica. Lee a Cortázar y se siente la Maga, ve *Amélie* y se siente Amélie. Abre su primera cuenta de mail. Se desvela chateando con desconocidos de Toluca que le piden fotos desnuda. Se compra un pene de goma que nunca saca del empaque pero que siempre lo presume a sus amigas en las reuniones. Prueba la coca. La noche que prueba el éxtasis se besuquea con un obeso bañado en diamantina. Los brillos en sus manos le parecen cosmos ignotos. Una candileja es dios. Dialogan.

2016. Lucas tiene problemas respiratorios y habla poco; sueña que está adentro de un agujero y está obsesionado con el jefe final de un videojuego al que ya derrotó miles de veces. Sigue cagando bien.

2006. El gordo del rave tiene nombre. Luciana y él se van a vivir juntos después de ocho meses estables entre mesas en Coyoacán, karatazos de vodka Karat, cine europeo en la Cineteca Nacional y conciertos de bandas apantallapendejos. Él, Tomás, es un buen hombre. Tiene lonjas en la nuca y ella le dice de broma que besan mejor que su boca. Un día él regresa de trabajar y la mitad de los cajones está vacía. Ella se fue sin dejar ni una nota, no le responde las llamadas, lo bloquea. Él llega a pensar que la soñó.

2009. Luis conoce a Luciana. No es la más grande historia de amor jamás contada ni mucho menos. Coincidieron en un pésimo taller de literatura que transcurría en el Starbucks que está al lado de la embajada norteamericana. Ese día era la marcha del orgullo gay. Luciana leyó un poema que fue salvajemente criticado por el hombre que impartía las sesiones. Templa la tristeza que eso le provoca coqueteándole a uno de los integrantes del grupo. Acaban en el estudio de ella comparando alturas para ver qué tanto se les podría facilitar hacer el amor de pie. A Luciana aquel hombre con cara de niño le pareció inicialmente torpe, sin embargo ya quería ponerle freno a la fase de promiscuidad que probablemente la hacía sentir vacía. Además Luis Pastrana la hizo reír y le pidió que se quedara cinco minutos más en la cama cuando estaban por separarse al día siguiente. Ambas pruebas contundentes de la existencia del amor, a su parecer.

2010. En una de sus sobrecamas, Luis le pregunta a Luciana cómo le pondrían a su hijo imaginario. Lucas, responde ella con una firmeza apantallante. Por qué, le pregunta él, ¿es lo más parecido a Luciana en varón que se te ocurre? No, porque los hijos imaginarios que iba a tener con tus predecesores que me hicieron esa misma pregunta se iban a llamar Mateo y Marcos, en ese orden.

2011. Luciana orina sangre sobre una prueba de embarazo. Se asusta tanto ante la chis enrojecida que se va de su casa rumbo al doctor sin darse cuenta de cuál es el resultado.

Mil doscientos pesos después un urólogo le dice que sólo fue pintura de obleas. Ya más tranquila regresa a casa. La pluma indica que está embarazada. Hace el cálculo. Piensa en aquella ocasión en el motel rumbo a la carretera a Cuernavaca. Cree que Luis Pastrana se pondrá contento, tómate la pastilla de los nueve meses después, le dirá humorísticamente. Es decir: ser madre. En ese momento suena su teléfono. Una voz violenta le dice que tienen secuestrado a su novio y que si no les depositan una cantidad macabra de dinero lo arrojarán muerto por ahí. Ella entra en pánico. Cuelga y apaga el teléfono. Respira hondo. Su hijo nacerá huérfano. Las manos le tiemblan. Respirando hondo y lento, se pone a ver televisión. Nota que realmente no deseaba que Luis educara a un hijo suyo. Enciende el teléfono y le llama, hasta ese momento se le ocurre hacerlo. Luis le responde que está bien, estaba dormido, le dice que todo fue un engaño. "Así se las gastan los extorsionadores hoy en día". Hay gente que movida por el miedo cae en sus tretas. Irá a verla en un par de horas. Luciana le dice que no es necesario. Se da cuenta de que la hipotética muerte de Luis fue un dolor que pudo sobrellevar viendo una tarada comedia romántica. Decide huir, como el mar. A las carreras se va a vivir a Austin. Vive a cuarenta y tres pasos de un lago, con una uva con codos creciéndole en el vientre. Un feto que primero desarrolla pulmones y luego nace con todo y uñas.

2016. Antes de grabar el mensaje de voz que ya todos conocemos, escucha la voz gangosa de Luis Pastrana diez veces. Antes su mensaje de voz era: "Ahora mismo no puedo responderte, déjame tu mensaje despuesito del timbre. Si eres Luciana, chinga tu madre". Pero ya no. Han pasado cuatro años y varios meses. El espejo la reproduce enlutada, aún con tierra en las manos y con hamacas azules debajo de los ojos. Vencida. Como si estuviera cargando al Pípila.

2018. Luciana se embaraza de nuevo. Embarazo de alto riesgo a sus 38 años de edad. Ya casi no sueña con Lucas. Se casa por amor con un venezolano que conoce en Miami.

Frente al mar y detrás de una virgen de Guadalupe hecha de arena que, dos días después y por culpa de los vientos caribeños, más bien parece un villano de *Dragon Ball*. El bebé nace sano, es una niña que mucho tiempo en el futuro se volverá millonaria desempeñándose en una disciplina tecnológica y artística que hoy en día no existe. Le ponen por nombre Juana.

Sólo en una ocasión fue Luis Pastrana a una feria taurina. Jamás sintió tan vivamente el Teatro del Mundo. Todos y cada uno de los presentes se estaban interpretando a sí mismos como, de hecho, espectadores en una feria taurina. Actores y actrices mal pagados atrapados en sus propias decisiones y cuerpos hinchados. Coreaban alegres olés ante cualquier virguería, fumaban puros de vainilla y alzaban el meñique al empinarse una chela al triple de su precio regular. Además nunca sintió Luis que la vida del torero corriera realmente peligro, no era aquello la milenaria lucha entre el hombre y la bestia. Básicamente sintió que le estaban quitando valiosas cantidades de tiempo al toro, por lo demás, un ejemplar bastante desaliñado y baboso en el sentido estricto de dicha palabra. Afuera un grupo de animalistas ofendidos arrojaba tripas de pollo a las señoritas más emperifolladas. Incluso ese montón de manifestantes le parecieron a Luis un grupito de histriones que llegaron tarde y en ayunas al casting y se quedaron con papeles más bien chafas. Sin guión, mal actuado y lleno de tomas únicas, el Teatro del Mundo. Estar vivo por inercia. Despertar respirando. Hay en esto un delirio ni siquiera oculto.

Luis Pastrana lo tiene muy claro: "Si organizas una peda de gente que apenas se conoce en un cuarto de motel rentado, en algún momento todos acabarán cogiendo frente a los espejos y hasta intercambiando parejas".

La publicidad lo que hace es exagerar aún más esas directrices de comportamiento, estirar la mentira hasta volverla caricatura de la caricatura. Simulacros de sinsentido, como gritar "no está temblando" en una muchedumbre. Cuando de la civilización no quede nada y seres de otra galaxia bajen a la Tierra y vean la publicidad aún campante y por encima de las ruinas, pensarán, sin duda, que éramos una raza de chiflados, un manicomio con demasiados recursos naturales. Los mensajes publicitarios son un delirio masivo, peregrinación de imágenes sin sentido que hemos aceptado como correctas y, peor aún, congruentes. Como una paloma comiendo palomitas de maíz o la historia del gusano de gomita que quería ser un gusano real, chicles masticados con forma de cerebro, mujeres teniendo orgasmos mientras revuelven champú en sus greñas, la primera inteligencia artificial a la que le abren una cuenta bancaria, rizos de líquido dorado en donde surfean bronceados hombres de Vitruvio, las onomatopeyas que provoca abrir una lata de jugo, fotos del papa adentro de bolsas de papas, el purgatorio de los suavizantes de telas y una vaca sonriente que nos recomienda la leche que por la mañana le exprimieron de las ubres. Son sólo ejemplos. Las implicaciones a futuro de estas entelequias con logo son impredecibles. Todavía a la fecha los exámenes psicológicos le piden al sujeto de estudio que dibuje un árbol. Antes de que nos demos cuenta, estaremos dibujando empaques de yogurt para determinar qué tan jodidos de la cabeza estamos. "Dibuja una botella de refresco", nos dirán los expertos y al que trace una Fanta lo mandarán directo al nosocomio.

Tras varios años dedicados a la redacción de mensajes publicitarios, Luis Pastrana sabe que antes los publicistas eran músicos frustrados, pintores frustrados y escritores frustrados. Ahora los publicistas son publicistas frustrados. Y el problema se propagó. Los consumidores también están frustrados. La mentira de los productos se ha vuelto insostenible. Nuestros antepasados recientes inventaron la insatisfacción y dieron pie a la primera generación de cadáveres aplaudiendo o bostezando en la sala de su casa. ¿De qué otra forma se explica uno que una cantidad inmensa de seres humanos haya decidido que sería gracioso enviar a un reguetonero a dar un concierto en uno de los sitios más apartados y abandonados que ofrece el planeta Tierra?

No es gracioso. No lo es. Es incluso ocioso, torpe y malicioso. Pero Pepsi dijo, ¿quieren que sea gracioso? Lo será.

Hicieron escala en San Francisco. Perdieron tres horas de sus vidas esperando el siguiente vuelo. Luis caminó entre las salas de espera, food courts en los que durante 24 horas es la hora de la comida y vending machines con iPhones y tablets en vez de chicharrones y alegrías con pasas. Realmente lo que hizo fue vagar buscando a Mónica Delia. No la encontró en ningún lado. La mujer se esfumó sin despedirse o estaba siempre detrás de algún norteamericano obeso. La voz de dios, atiplada, trilingüe y con pésima dicción, indicaba inagotablemente las salidas y arribos. Gente yendo y viniendo como parte de una desquiciante maldición.

En el avión rumbo a la capital de Alaska, Luis no coincidió con Mónica por más que cruzó los dedos. A su lado se sentó un joven cariacontecido de veintitantos años, sin tema de conversación y que aparentemente era de los técnicos que iluminarían el concierto. Luis encendió su computadora sólo para borrar las pocas líneas que llevaba escritas. Odiaba su estúpida novela de ciencia ficción. El rostro de Lucas fue el resultado de la unión de su rostro con el de Luciana. Cerró la compu de nuevo. Las nubes parecían de utilería, pomposas y demasiado estilizadas, iluminadas por todos lados. El ala del avión las cruzaba como una cicatriz de mafioso. En las pantallas pasaban una misma película infantil para todos los pasajeros: era animada, acerca de un mundo sin humanos pero con vehículos antropomorfizados. Luis sintió escalofríos. Notó que, a diferencia de él, toda la gente iba muy tapada a priori. Viajaban con sus prejuicios.

Luis Pastrana se acercó la bocina del teléfono al oído y escuchó el mensaje de Luciana.

Sentía que habían pasado cientos de meses desde la vez que se enteró de la existencia de su inexistente hijo. Borró el mensaje y se arrepintió de inmediato de haberlo hecho. Se quedó dormido con inusitada facilidad y soñó de nuevo con que era posible ver al sol de frente. Lo despertó la alarma sin personalidad que informaba del aterrizaje. Sintió en los hombros el raspón de las llantas contra la superficie del planeta. Fue como envejecer 30 años de golpe.

—Los barcos también aterrizan —le comentó el chico a su lado.

—¿Cómo?

—Los barcos aterrizan. Aterrizar es tocar tierra. Pero la frase es chida porque uno se los imagina cayendo del cielo.

Luis no se los imaginaba cayendo del cielo. En el aeropuerto de Anchorage vio a lo lejos a Mónica, charlaba con un hombre inusualmente alto. Supuso que era uno de sus amigos documentalistas que vendrían a recogerla. En la cinta giratoria de reclamo de equipaje, Luis se reunió con el grupo de empleados de la agencia; los saludó con un gruñido. Aún faltaba un avión más rumbo a Kodiak. Estaban todos exhaustos, de malas y lejos de casa. Sus relojes se ajustaron a la hora local por voluntad propia. Era como no viajar. Les llegaron de sopetón todos los mensajes acumulados durante las horas de vuelo. Lluvia de timbres. Certificar que el resto del mundo existe aún sin su presencia física los entretuvo en silencio. Luis tenía cero mensajes. Pensó que en un mundo así los grandes viajes de la epopeya e incluso las películas de road trip estaban en peligro de extinción.

Apenas su mente se acostumbró a la idea de que ya estaba en Alaska, Luis pensó en la felicidad de los perros del terremoto. Alguna vez vio en un noticiero que a los canes que buscan gente viva entre los escombros luego de un sismo y con el objetivo de que no se depriman de tanto oler muerte, les ponen una suerte de placebo. Alguien se recuesta a escondidas por ahí y el perro bombero se pone feliz de encontrarlo.

Esto incluso los anima a seguir buscando con mayor ahínco. Con Lucas muerto y sepultado en un sitio que él jamás conocerá, Luis recordó esa anécdota. Le urgía que alguien hiciera trampa para obligarlo a menear feliz el rabo. Los viajes te ofrecen la oportunidad de reinventarte desde cero pero jamás puedes huir de ti mismo.

Biuti Full, en plan diva, decidió de última hora que se quedaría en la capital y sólo viajaría hasta la isla el día del concierto. No había quien pudiera convencerlo de lo contrario. Incluso abandonó a su mujer trofeo. Todos la vieron con el rímel corrido sentada en una sala de espera. Las otras bailarinas la reconfortaban cacareando todas al mismo tiempo. El representante no respondía a las llamadas. Lola, la chica de producción, mentaba madres. El avión que los llevó a la Esmeralda de Alaska no tenía televisión. Las aeromozas eran toscas. Había una revista en cada asiento y justo cuando Luis estaba por enterarse acerca de la anual Feria del Cangrejo les apagaron la luz. Se le antojó un vaso de leche hirviendo. Aterrizaron sin inconvenientes y bajaron en plena pista. No hacía el frío temido pero de su boca salía un vaho menos danzarín del que estaba acostumbrado. Las luces de la ciudad se reflejaban con ondulante respeto en las aguas del golfo de Alaska.

—Es como el Ajusco —dijo Luis, con el característico mal gusto de los chilangos de comparar todo con su DF ojeroso y pintarrajeado. Lo dijo en voz alta pero nadie estaba escuchándolo.

Lejísimos de casa sintió por primera vez que donde sus pies estaban colocados también era paisaje. Y eso que llegaron de noche, mañana lo asombrarían los múltiples verdes que rodeaban a Kodiak, el cielo entregado en azules radiantes y alegres paletadas, chaparro y alcanzable. Si la lluvia vivifica los colores del mundo, la presencia tácita del hielo los tonifica como recién resucitados. A lo lejos, en medio de la tímida noche se observaban los contornos de las montañas empanizadas en blanco: eran como ríos congelados en el cielo.

Lágrimas que nadie limpió. Una fuerza sin cuerpo señalaba a Luis Pastrana. Tú, dijeron los dioses. Sintió el sucio rayo de luz pero limpio. No pensó en el árbol dotado de gracia. Necesitaba dormir. Quiso tomarle una foto a sus pies pero el celular se había quedado sin pila.

Fueron recibidos por un grupo de nativos esquimales alutiiq y el alcalde de la isla que le entregaría las llaves de la ciudad a Biuti Full. Los esquimales habían preparado una danza ceremonial. Cerca de cuarenta individuos, vestidos con negras túnicas interrumpidas por retazos de algodón blanco en el pecho y las mangas, los esperaban expectantes. Todos coronados con sombreros en forma de triángulos isósceles detalladamente coloreados. No se les veía el rostro y por sus complexiones físicas podrían ser tanto hombres como mujeres como enanos. Sin embargo no hubo evento. Biuti Full no llegaría hasta dentro de unos días. El alcalde se entristeció públicamente. Luis se dio cuenta de que él mismo estaba ahí interpretando a un extranjero ignorante, a un turista con ojos de asombro y a un delegado de la estupidez publicitaria; él era el Teatro del Mundo.

A los empresarios que están pagando el documental "Biuti Full en Alaska" poco les importa que por el estrecho de Bering hayan pasado los pioneros del género de pornografía "Interracial Sex". Les tienen sin cuidado las batallas navales en las Islas Aleutianas o que Alaska fuera propiedad de los rusos todavía ayer, en 1867. A la marca de refresco de cola le vale un bledo que la densidad poblacional de Alaska sea ridículamente baja (las cifras son alarmantes, si la isla de Manhattan tuviera la densidad de Alaska vivirían ahí sólo 24 personas). A Pepsi le importa un soberano pito que en 1989 un superpetrolero encalló en las aguas de Alaska provocando la marea negra, uno de los desastres ecológicos más grandes de la historia. Y eso que #MareaNegra, dada la naturaleza del refresco, sería un hashtag muy viralizable. Al diablo los osos únicos e irrepetibles de Kodiak, el salmón y sus escasos seis mil habitantes y los niños que nacen sabiendo pescar. Lo que a Pepsico le importa es que sus botellas salgan brillantes y poderosas en las manos de los extras en el concierto, que sonrían cuando estén a cuadro, que parezca que gracias a la soda el mundo es bueno y cabe en un pañuelo, ¡no!, mejor aún: cabe en una taparrosca. Mañana llegan los pingüinos entrenados para perrear y si hay que generar electrónicamente un iglú, se generará electrónicamente. Incluso llevan una máquina de nieve sintética.

Hace no mucho Luis Pastrana fue el guionista de las cápsulas que presentaban a cada una de las participantes de Nuestra Belleza México. Durante todos los días de una semana, en Morelia, se levantó neurotizado por culpa del concierto masivo de secadoras para el cabello, ardientes desde las cinco de la mañana. En esta ocasión, lo despertó el silencio. Abre los ojos y se da cuenta de que durmió como un bendito. Recuerda que está en Kodiak. Exclama una majadería que incluye a varias generaciones de rusos católicos ortodoxos, colonizadores iniciales de la isla. Permanece despierto en cama con los ojos cerrados y pensando en Miss Durango.

A los hijos que pierden a sus padres se les llama huérfanos. Pero no hay palabra que nombre la muerte de un hijo. Súbitamente el lenguaje se queda en silencio. El padre permanece de este lado de la barra, en brusca transformación y enfrente de un mundo incompleto. Escribir no es sino traducir el mundo en palabras. ¿Qué hacer con este hueco?

Se hospeda en un hotel a cuatro minutos del muelle, eso le dijeron en la recepción. No comparte habitación con nadie. Durmió desnudo con la calefacción encendida. Se pone de pie en busca de su ropa. Desde la ventana de un chaparro piso 3 alcanza a ver a varios de los extras paseando. Están hospedados en un hotel más humilde y justo en la calle de enfrente, aunque no hay calle. Caminan en calmosos zigzags con una mano alzada. Traen bien asido y en lo alto, sus teléfonos. Al principio esto le parece a Luis salido de una película de extraterrestres en blanco y negro, luego entiende que están buscando señal de internet. Recuerda al hombre de los seguros de vida en el conjunto de elevadores más veloz de Latinoamérica. Pareciera que eso pasó hace cientos de años. Revisa su aparato y se da cuenta de que él sí tiene wifi en su habitación. No se alegra del todo. Además, nadie le ha escrito ni dado likes ni etiquetado en nada. Pinche mesera Polly, piensa y a ella, tres horas antes, en el pasado, le vibran los oídos mientras pasea a su maleducado perro Julieto. Luis Pastrana enciende la televisión para no sentirse tan solo. Todos los canales transmiten infinito gris. La apaga. Abre la ventana y un frío casi ingenuo le pone la piel de gallina. El viento son mil millones de agujas ligerísimas y agradables. Él pensaba que dormiría en la punta de un iceberg. En cambio, lo que tiene enfrente, es una ciudad gringa bastante equis con una temperatura agradable y llevadera. Pequeñísima eso sí. No se alcanzan a ver las señaléticas de ningún Starbucks ni la eme de MacPerro. Sí hay un espantoso edificio Walmart. En efecto, las inmensas zonas verdes lo asombran. Donde coloque la mirada hay sano follaje de muslos abiertos. ¡Ah, mira! Reconoce allá abajo a Mónica. Está sola, fumando y dándole golpecitos a su celular. Justo debajo de su ventana. Le grita. Nada. Trae dos rosquillas enormes en las orejas.

—*Swim, swam, swum.*

Luis se viste en chinga. Cuando llega abajo ella ya no está. Siente un peculiar frío en el pene y se da cuenta de que trae el cierre abajo. Aprovecha para desayunar enfrente de un oso disecado. Club sándwich para no errarle. Se baña. Por la tarde tienen una conferencia telefónica con Sergio Romo en una de las oficinas privadas del hotel.

—¡No me chinguen la marrana! —dice el mercadólogo al enterarse de que Biuti Full no ha llegado a la isla—. Ahorita mismo lo arreglo. Hay que jalarle las orejas a ese raperito.

—¿No que es reguetonero? —dice Luis en voz baja.

—Hay otras dos cosas que queremos platicar —comenta Lola, la productora, con su voz calma y moldeable de acuerdo con la situación.

—No me salgan con huercadas. Hagan lo que se les paga sin complicaciones. Soy el responsable de otras quince marcas.

—Verá. Son dos pequeños *issues*. Casi anecdóticos. Necesitamos su aprobación antes de tomar decisiones. Uno. Estamos teniendo problemas con los pingüinos.

—¿Qué problemas?

—No se puede traer pingüinos a Alaska. Nuestro proveedor nos quedó mal. No consiguió los permisos. Nos tomaron el pelo.

—Qué proveedor de pingüinos ni qué el aparecido del río. Si Pepsi quiere llevar panteras en patines a la luna o pasar a un camello por el ojo de una aguja, usted señorita, cuál cree que debe ser su trabajo.

—Lo estamos solucionando. La otra cosa es. Bueno. Durante el concierto pondremos a nuestros extras a bailar. La forma en que se baila la música de Biuti Full es muy erótica; el famoso perreo no es sino sexo explícito. ¿Qué tanto queremos suavizarlo? O queremos que se vea real, real, con todas las connotaciones que eso implica. Todos los extras son, naturalmente, mayores de edad.

—Ah, caramba, esa sí no me la esperaba. No es tan anecdótica esta bronca, señorita. ¿Y qué opina mi creativo bueno para nada?

Luis está distraído viendo una foto enmarcada y chueca de Kevin Costner. Está dedicada al caluroso pueblo de Kodiak. Alrededor hay fotos, básicamente, de osos y peces y osos comiendo peces.

—Qué opina nuestro creativo bueno para nada —recalca la chica nueva de cuentas. A ella el cambio de clima la tiene muy castigada, su nariz está roja y gotea. Increíble que se haya besado con Cafiaspirino.

—Yo digo que filmemos varias opciones —dice, salvándose el trasero, Luis Pastrana—: una muy sensual, otra dosquetrés y una de puros brinquitos ñoños. Ya hasta hay reguetón cristiano. Al momento de editar elegimos la que más le convenga al proyecto.

El director y su asistente miran con tirria a Luis: a grandes rasgos acaba de multiplicarles el trabajo por tres. Lola viaja horizontalmente su dedo índice a lo largo de su garganta pero Luis la ignora.

—Arre —dice Sergio Romo y se despide colgando.

El resto del día Luis visita la ciudad. Los demás miembros del crew prefieren pasarla en el hotel perfeccionando sus presentaciones de Power Point de proyectos futuros. Le dan sus viáticos en un sobre choncho lleno de dólares. Basta con ver las caras de los padres fundadores de Norteamérica para darse cuenta de que fueron personas a quienes les practicaron buen sexo oral en vida. No pasa lo mismo con el billete de quinientos mexicano. Mucho menos con el azulado de veinte. En la cartera de Luis cohabitan ambos. Se saca la basura de los dientes usando un boleto del metro.

Es muy dramático lo vacío que está Kodiak. Ni siquiera los espejos devuelven un reflejo constante en donde Luis pueda verse la cara de menso. Apuntan sospechosamente hacia otros lados, hacia el suelo, hacia la nada. A veces a lo lejos pasa alguien en bicicleta o se escuchan ahuecados los ladridos desabridos de un perro viejo. Al parecer alguien se volvió rico vendiendo estampas que dicen "This car is not abandoned". ¿Es irónica esa inscripción? Las hay pegadas en absolutamente todos los vehículos. En su mayoría camionetas de carga. Ni rastro de sus conductores, el lodo blanco acumulado alrededor de los neumáticos contradice lo que el engomado sugiere. Luis llega al muelle después de caminar cuatro minutos. El golfo de Alaska refleja el cielo invadido de nubes y los estallidos de luz empapada que provoca un sol seco. También lo salpimentan embarcaciones de todos tamaños y que hacen figuras de sombra sobre el mar de papel aluminio. Estos oscuros reflejos le dan al espectáculo una simetría similar a las pruebas de manchas de tinta donde Luis siempre vio arácnidos pisoteados.

Las barcas en tierra están igual de abandonadas, majestuosas a pesar de todo. Luis busca alguna con nombre en español. Pasa un helicóptero en las alturas, en sordina y lejos, parece una hormiguita extraviada. Es como si la gente no viviera en la ciudad pero estuviera todo el tiempo en un perpetuo estado de tránsito abordo de cosas. Los barcos también aterrizan, piensa Luis. Tampoco están llenas de grafiti las paredes. Alguien muy ducho diseñó esta ciudad en el primer Sim City de PC, piensa y escupe en el suelo. Le dan ganas de aplanar cientos de corcholatas en el pavimento hasta que parezcan una borrachera de constelaciones alrededor de una tortería capitalina. Quisiera buscar un árbol ahuecado para arrojar ahí una botella vacía de cloro y sus papeles higiénicos usados de la semana en bolsas del Oxxo. Realmente un chilango jamás está de viaje, siempre lleva a la Ciudad de México consigo y es capaz de extrañar el cielo contaminado, el sol avaro y los chicles masticados abandonados en el revés de las mesas. Luis siente nostalgia por los chamagosos niños de la calle que venden mazapanes.

Una ocasión Luis Pastrana arrojó un gargajo en una coladera del metro Hidalgo y una familia de cucarachas apareció para comer de su saliva. Se sintió poco menos que un dios dador de alimento. En otra ocasión vio que el muñequito de un semáforo en Coyoacán bailaba, lo que provocó el choque violento de dos taxis. Una vez lo secuestraron cuatro horas en una panadería hasta que le vaciaron todo el dinero de la tarjeta de débito; los asaltantes lo obligaron a darles las gracias por no haberlo picado y le dieron monedas para que se comprara una dona, para el susto. En División del Norte hay una tienda de azulejos que incentiva la venta de baldosas poniendo música a todo volumen en dos bocinotas alrededor de un enorme oso polar, también disecado, con gafas oscuras. La plancha del Zócalo la transforman en una pista de hielo en Navidad. ¿Por qué la calle se llama "División del Norte" y no "Francisco Villa"? Zapata sí tiene su propia avenida y la estación del metro que la surte de gente. Hay estatuas que el gobierno arruinó, vagabundos carismáticos, prostitutas con paraguas por si llueve, señoras de las quesadillas, bolsas de hielo "jamás tocado por las manos del hombre" en las gasolineras, marionetas de los héroes patrios, piñatas de Jesucristo y muertos colgando de los puentes peatonales con sus propias tripas anudadas al cuello; no sólo hay gente que marcha por sus derechos, hay gente que marcha porque se los quiten. Hay niños con nalgas de globo que piden dinero en las esquinas, el filósofo de la Lagunilla, muchachas ebrias, valientes de la lotería. ¡Hasta un borracho recargado en un cacto con su sombrerote y su sarape! Luis Pastrana viene de un lugar en donde conviven más de ocho millones de personas con mal olor de boca, anhelos e ilusiones, ropa que ya no les queda, espermas fértiles y likes ilimitados. Los extraña a todos, ¡a todos!

Sólo hay seis mil personas en Kodiak pero, ¿dónde están? No hay rastro de ellos. Quizá durante el día se transforman en osos disecados. Seis mil personas. Al Estadio Azteca le caben 105 mil espectadores. Se llena cuando va el papa, Bono de U2 o juega la selección. Seis mil si el América va mal y enfrenta entre semana a, no sé, ¿el Morelia? En un juego regular, seis mil son nada más los que se sientan hasta abajo y en la zona de atrás de la portería para gritarle marranadas a los jugadores que cobran los tiros de esquina. Esto es monstruoso: de 2013 a 2015 van 6,488 feminicidios en todo el país. Seis mil niñitas rompieron el récord de la fiesta de quinceaños más grande del mundo en un pueblo cerca de Cuautla. Seis mil espectadores son un logro mayúsculo para la película mexicana con intereses artísticos del semestre. El tiraje de la edición del cien aniversario de Pedro Páramo fue de 6 mil ejemplares.

Uno de los pros de la Ciudad de México es que, siendo tantos sus habitantes, el uno por ciento de todos es un chingo de gente. Gracias a eso, hay personas que atiborran los puestos anualmente en la Feria del Mole, gente que lee poesía y gente que se disfraza de personajes de caricatura japonesa en las convenciones de cómics. Hay mucha gente. Para todo. En cambio, en un sitio de seis mil personas, ¿qué puedes esperar? Que el escritor del pueblo al mismo tiempo se disfrace de Iron Man sólo de la cintura para abajo y además se chingue su mole coloradito sin mancharse la camisa. La chica de la caja en el Walmart de Kodiak es precisamente esa persona. Tres cosas difusas forman su personalidad. Un mago la dividió en tres y la rearmó con partes de otros voluntarios. Luis rehúye su mirada. Paga y se va. En los pasillos se encontró con dos personas de las mismas características. Son como los personajes de la novela de ciencia ficción que jamás escribirá.

Compró un repelente de osos, un tequila con un esquimal bailando el jarabe tapatío en la etiqueta, jugos de piña y naranja, chips de tortilla, seis sopas instantáneas, aspirinas, champú, dentífrico, cepillo de dientes, un estropajo rosita.

Trota de regreso con sus compras en sendas bolsas estiradas. Se va haciendo de noche. Está norteado. Las estrellas en el cielo se burlan de él. El alumbrado público pone a dialogar a las calles; algunas casas poseen ahora sí habitaciones iluminadas. Luis se acerca a una puerta. Doblando las rodillas se asoma por el hueco de la mirilla.

Observa una verga fláccida.

Sale corriendo a toda velocidad.

Da con el hotel casi por inercia. El patio está lleno de extras con los teléfonos alzados. Los rectángulos luminosos moviéndose entre la oscuridad son tétricos. Ya en su cuarto, Luis se prepara tres tragos al mismo tiempo y enciende su computadora. Mira, sin beneficiarse, el video de dos lesbianas con strap-on de doble cabeza. Observa el video de una líder scout que, a manera de novatada, tortura a una niña de ocho años rociándole agua mineral encima. Exhorta a las demás compañeras del grupo a hacer lo mismo. Se escucha la voz de la madre diciéndole a su hija que se aguante. Luego ve tutoriales fallidos de gente que se perfora la lengua sin asistencia profesional. Ve un gif en el que al presidente de México se le cae la banda tricolor. Lee el reportaje de un miembro del ejército que viste de mujer a los narcos que captura; no ve el video. En cambio observa el tráiler de la nueva temporada de cualquier película de superhéroes destinada al olvido. Lee sobre un proyecto que está juntando donaciones de gente en todo el mundo para mandar una rocola a la luna. Casi llegan a la meta económica gracias al enorme apoyo e influencias de Dama Stilleto. Como siempre, la emperatriz del pop apoyando el arte contemporáneo. Ninguna de las personas que tanto impulsaron el concierto de Biuti Full en Alaska le ha dado seguimiento al caso. Están en lo suyo. Viendo series, mandándole mensajes agresivos a sus ex, comiendo platillos fotogénicos.

Imagina a todas esas personas sin internet allá abajo. Los extras. Los imagina cagando y teniendo que leer las etiquetas de los productos en el baño. Champú acondicionador de uso diario Extra 2 en 1. Reduce la caída debido al quiebre. Su fórmula con folisacáridos y pantenol contribuye a reducir la caída fortaleciendo el cabello, volviéndolo manejable, con brillo y revitalizado. Ingredientes, dos puntos, y una bola de nombres raros. Hecho en Taiwán.

Luis Pastrana busca el número de kilómetros que separan a Kodiak de Taiwán. Observa la cifra. Estar vivo se le presenta terrible y desolador, inmenso y lleno de aburrimiento y perversión, de simulacros de sinrazón, de causas y efectos enrevesados, no hay garantía de nada. Se siente asqueado de tanta existencia, de tanto, oh, hermoso mundo. ¡Eso! Arroja su computadora por la ventana y arroja su teléfono también.

De toda la inmensa cantidad de ocasiones en las que Luis Pastrana pierde la dignidad desempeñándose como creativo publicitario, hay dos que desprecia y rehúye.

Una es cuando tiene que cantarle a los mercadólogos un jingle de su autoría. Se siente como un mono y sabe que ellos disfrutan muchísimo humillándolo. Aplauden al final, regocijándose de su falta de afinación. "A ver, ahora cántasela al jefe por teléfono".

La otra son los castings. Esta idea de ponerse en plan de ser superior y decidir quién sí y quién no, le saca ronchas. El tipo es un ególatra de mierda pero no es para tanto. No le gusta elegir a Luis Pastrana, cree en el azar de las almas, en los súbitos acasos y en el destino, esa palabra sin hueso que escupieron mal masticada los años noventa.

Pasan cinco horas revisando a un inicial pelotón de extras para decidir cuáles funcionarían mejor dependiendo del nivel de perreo requerido. Cinco horas en la vida de Luis Pastrana viendo cómo se desinhiben, o no, un montón de veinteañeros arrimándose los genitales. Ellos, a la edad en la que se te para con que te pegue el sol. Y ese día Alaska, embustera, amaneció muy, muy, muy soleada. Ellas, en su mayoría incómodas. ¡Se les advirtió!, comenta Lola, trazando gruesos taches rojos en las fotos de cada uno de los extras conforme van siendo clasificados. Y en los casos en que las mujeres con toda libertad menean la cintura agarrando la pelvis de un desconocido a cachetadas de trasero, es el crew quien se incomoda. Twerking, le llaman y fue la palabra del 2015 según varios noticieros. Las actrices porno brasileñas llevan años haciéndolo profesionalmente a manera de antesala. Nada es para nadie. Huele a sudor e impera un clima de promiscuidad. Los que no sean duchos para fingir apareamientos serán enviados hasta atrás y sin postre. Necesitan elegir a uno de piel pálida al que le pondrán un tatuaje falso pero hiperrealista con la cara de Biuti Full. Es una escena que durará dos segundos en el video total. Necesitan elegir a tres chicas que se subirán al escenario con el reguetonero. Ellas brincarán a cuadro, así que es conveniente que no estén tan bustonas. Antes que nada, el director pretende elegancia: "Quiero conseguir algo muy íntimo, como Stones in the Park, ¿se lo imaginan?". Vaya imbécil, piensa Luis. También necesitan elegir a una chica más que saldrá desmayándose y a tres varones que harán body surf. Ah, y revisar cuáles extras tienen la mejor dicción para filmar un par de testimoniales en los que agradecen a Pepsi la oportunidad de estar ahí, mismos que Luis tiene que redactar *as we speak*. Los pingüinos electrónicos llegarán mañana en la mañana. Cincuenta pingüinos robot que mueven las aletas y la cabeza. Tendrán que clonarlos en posproducción para que parezcan un ejército. Probablemente intercalen las imágenes del concierto con acercamientos de ojos y picos sacados del banco de imágenes de National Geographic.

Luis Pastrana se infarta del casting e inventa que tiene mal de altura. Sabe que todos lo odian.

Sube a su cuarto. Traga cuatro aspirinas con un redivivo chorro de agua que sale infinito desde el lavamanos. Le da risa que el agua caliente en Alaska es agua fría. Se enteró en el desayuno de que sus vecinas son precisamente las bailarinas de Biuti Full, que dicho sea de paso no han salido para nada de la habitación. Pega la oreja en la pared. Ni un sonido. Del reguetonero aún no se sabe nada. Algo atrae su atención en el hotel de enfrente, el de los extras. Dos están cogiendo. Amateur Fuck Doggie Style. Luis disfruta de la vista. Pinche Ágata, piensa y a ella, tres horas antes, en el pasado, le vibran los oídos mientras acaricia al gatito que jamás crecerá. Luis Pastrana viaja la mirada entre las ventanas. Su punto de vista es privilegiado, chismoso. Observa a dos más cogiendo en una ventana distinta. Amateur Hardcore Fuck. Esos cuatro podrían actuar perfecto en las versiones más cachondas del documental, recapacita y memoriza sus rostros.

Mejor se va a dar una vuelta.

La ciudad está más animada. Le toca ver a un grupo de ciclistas de aventura que regresan de la carretera, gritan exaltados arrojándose pintura en polvo, lo saludan al pasar. En general, a lo largo de toda su estancia en Alaska se ha sentido parte de un comercial genérico de televisiones en HD. Esta vez opta por dar vuelta en diferentes esquinas. Llega a una zona de tiendas en la calle central. Una librería mal surtida. Una tienda de souvenirs, mapas y las dichosas estampas para auto. Una tintorería. Una agencia de viajes. Una tienda de modelos para armar a escala. Compra un paquete en el que vienen cinco arbolitos en miniatura. Entra a un estudio fotográfico donde fueron a revelar todas las fotos de la visita de Kevin Costner a Kodiak. Seis mil retratos decoran las paredes. Pasa afuera de la puerta donde vio el pene. Prefiere no volver a asomarse; quizá ayer deliraba. Ha estado cansado y durmiendo mucho. Recuerda el bonsái en casa del joven Cortázar. En su disperso rondín no encuentra ni un cementerio ni una sala de cine ni una pozolería.

Avista Luis Pastrana un local con un anuncio luminoso de cerveza Corona en la entrada. Se mete. Mesas vacías, papel picado verde, blanco y colorado haciendo olas en el techo. Decoración mexicanoide. Una televisión en las manos de un oso disecado transmitiendo cierto partido de futbol. La chica que atiende está trapeando el suelo y le indica con la mano que lo espere un segundo, que no se mueva. Ella está secuestrada en una arrinconada isla de piso aún sucio. La isla dentro de la isla. Si él se aproxima al televisor, la señal mejora. *Dont move!*, le repite la mujer. Es una televisión viejísima, barrigona y de pantalla cóncava. Lee en la esquina superior izquierda. Cruz Azul vs. León. Luis siente padre. En ese instante, un jugador baja el balón prodigiosamente, se quita a un defensa gracias a un recorte milimétrico que lo deja de frente al arco. El portero se vence haciendo un Cristo poco contundente y él dispara cruzado, apenas si afectando la recta vida del esférico. Es gol que repercute en las redes, deformándolas tanto como se deforma el gesto de los más de seis mil espectadores en las tribunas. El comentarista canta el tanto alargando la letra o como es común, el jugador corre a la esquina y le hace como si se estuviera sacudiendo la mala suerte del cuerpo, sus amigos lo abrazan y nalguean. El mundo cambia cuando alguien que anda por ahí anota un gol.

En ese momento entra Mónica Delia al bar. Su rostro peligrosamente colorado, el cabello hecho un nido de irresponsables aves, guapísima adentro de un trozo de tela que la cincela sabroso pero poco debe estarla calentando. Camina encima de las manchas de suela que Luis dejó en el piso. La chica que atiende se resigna, tira el mop reclamándoles cosas. Luis nota que Mónica no es parte del Teatro del Mundo, a ella sí la están filmando fuerzas superiores y omnipresentes.

—Hola, novelista —le dice, abrazándolo—. Tengo un chingo de frío.

No se va de viaje un hombre. Más bien viaja el miedo, una verga y un aparato digestivo.

Luis Pastrana vomita en el lavabo una guácara revitalizadora y administrativa conformada por líquido digestivo trasparente y un grotesco resabor a sopa instantánea. Puede ver en el espejo a Mónica desnuda, despierta y mirando hacia la derecha (su izquierda) en silencio. Así, de perfil, parece un jeroglífico atento a la Ciudad de los Muertos. Su maquillaje es el culpable de tal evocación egipciaca. Esa moda de rematar el límite de sus dos ojos con una ligera espiral negra y simetriquísima trae vuelto loco a Luis Pastrana. Le suda la parte de atrás de las rodillas. Según Luis tampoco hay una palabra para ese rincón del cuerpo. Se lava los dientes con anormal diligencia, hasta que le duele tanta higiene. Le urge volver a la cama.

Apestando a menta acude.

—¡Tus ojos están al nivel de cualquier imperio devastado! —dice mientras busca con la mirada sus boxers entre los pliegues que unen cobija con tapete con sábanas con abismo con Alaska.

—No empieces de mamarracho —le responde ella aplastando prematuramente un cigarro mentolado en un cenicero del hotel de enfrente, recipiente que todavía hace unos minutos traía ella en su bolsa.

—Tus ojos…

—¡Que no!

—Son como…

—¡Ya!

Mónica Delia no se deja piropear. Luis Pastrana busca con la mirada sus calzones. Están extraviados. Por suerte. A él le apena que la otra vea que son una prenda íntima más bien infantiloide. De Bob Esponja, holgados y amarillos, con vergonzosas marcas de uso y el resorte empachado de tanta cadera. A ambos les huele la boca a diente de hasta atrás. Demasiado tequila nativo, demasiados besos largos. Y todo porque eran piscis. O más bien lo siguen siendo, pero dicha coincidencia dejó en claro que realmente ninguno de los dos necesita de mucha excusa para entregarse como estornudo. No durmieron abrazados pero bien que querían. Vaya, ni siquiera durmieron del todo. A los dos los atacaron sueños sin imagen, limbos negros y anómalos en forma de tobogán. Conmovidos y jariosos, un buen tramo de la noche interpretaron el dibujito que comúnmente representa al signo zodiacal.

El gustillo de la entrepierna de Mónica era de esos que se instalan por tiempo indeterminado al fondo de la garganta. O al menos a esa conclusión llegó Luis mientras libaba aquel centro del mundo, procurando sincronización o ritmo o armonía. O nada. Sólo lamer. Mónica enciende otro cigarro, como si el cigarro recién eliminado no hubiera existido. El humo forma un canalillo que parte sabiamente a la habitación en dos, como las crenchas en el peinado escolar de las niñas.

Luciana creía que hay un par de pruebas irrefutables de que, a pesar de todo, existe el amor. La primera es que durante la primera cogida una de las dos partes involucradas haga un pésimo chiste. ¿La segunda? Que al día siguiente de ese encuentro sexual inicial, y a punto de despedirse, alguna de las dos partes involucradas diga: "Quédate cinco minutos más". El problema es que Luis se tomó demasiado en serio esa teoría y, cuando la mujer le interesa, siempre se esfuerza en ser el humorista inoportuno a la par que alarga de más el incómodo equivalente erótico de la sobremesa.

—¿Vamos al cine? —pregunta en voz baja, su vida entera depende de que Mónica responda que sí—, debe haber un cine en esta isla chaqueta. O un teatro ya de perdida.

—Hueva, ¿no? ¿O qué hay?

—Bueno, no lo sé. Tú y yo en un sitio oscuro. Eso hay.

—Verga.

—O podemos ir a la puerta a través de la cual se ve precisamente una verga, ¿te acuerdas que te conté ayer?

—Una vez me asomé por una mirilla y observé dos penes. ¿Puedes creerlo?

El chiste que Luis hizo ayer mientras buscaba el clítoris de Mónica y una vez que le cayó el veinte de que los distanciaban once años fue: "No me vayas a ver como una figura paterna; soy un papá pésimo". Mala selección de broma: la otra, huérfana de padre desde pequeña, fue educada por su loca madre actriz y su hermana mayor. En todo caso, se ensalivaron chido y viablemente previo a una penetración más bien torpe. Hubo un momento en el que Luis sintió que su verga se ondulaba, como cuando colocas un lápiz entre el pulgar y el índice y lo meneas provocando un deformante efecto óptico.

—¿Qué significa este tatuaje? —pregunta Luis.

—¿Las tijeras y el revólver o el ovni? —responde ella, incapaz de mirarse ese punto ciego en su espalda.

—Ambos.

—Mi abuela era estilista. Heredó una peluquería. En Durangou —narra fingiendo un acento gringoide—. Le cortaba el cabello a los famosos que iban a filmar wésterns al desierto. Las paredes estaban todas decoradas con fotos de buenos, malos y feos. Crecí entre espejos que se reflejaban a sí mismos hasta el infinito, pelos en el suelo y autógrafos de damiselas en peligro tan escotadas como copetudas.

—¿Ya notaste que aquí en todos lados hay fotos de Kevin Costner autografiadas?

—Cero que ver.

—Continúa, pues.

—Eso es todo. Mi educación y la de mi hermana las pagó un ininteligible garabato de John Wayne.

Es mentira. De principio a fin es mentira. Se tatuó un arma porque un novio al que quiso mucho traía, exactamente en el mismo sitio, un par de balas. ¿Y las tijeras? Se las puso encima varios años después debido a un novio que era jardinero.

—¿Y el ovni medio chueco?

—No está chueco. Vuela. Ese tatuaje tiene que ver con mi madre. Ella siempre ha dicho que no es de este planeta y que un día vendrá a recogerla la nave nodriza.

Eso sí es verdad. Pudiendo haber inventado cualquier anécdota acerca de aliens y viajes por el espacio exterior…

—No pos chido. ¿Qué edad tiene tu jefa? ¿6 años?

—Mi madre no es normal. Se le está yendo el pedo desde que yo tengo uso de razón. Con la edad se ha puesto peor. Inicios de alzhéimer, ¿ya sabes?

—¿Y esa madre es contagiosa? Porque quiero que te acuerdes bien de esto…

Mónica Delia siente la mano de su one night stand recorrer suavemente sus cicatrices de tinta. La caricia inicia en el borde afilado de las tijeras y sube hasta el cañón de una Colt sin proporción. Por los rumbos del verduzco gatillo, decolorado por tanto uso, las uñas hacen su trabajo, hiriendo placenteramente. Suena el teléfono de Mónica. Una musiquita escandalosa. Más que reiterativa, atrapada en sí misma. Hasta a la perfecta línea horizontal de humo le molesta la interrupción.

—Ah, mira, la invocamos, como vive en Estados Unidos le sale muy barato estarme marque y marque —dice Mónica al leer en la pantalla de su celular: "Mamá". Y, luego de tragar aire, responde seriecita—: No te vas a morir. Justamente hablaba de ti…

Luis deja de acariciar esa espalda dotada de un fulgor juvenil que ya se le había olvidado que existe en los seres vivos más nuevos. Se levanta y, una vez de pie, nota que no tiene realmente a dónde ir. Regresa a los derredores de la ventana. Camina como si en su andar hubiera oculto un misterio. Entreabre la cortina. No hay ya extras buscando señal. Desaparecieron. O más bien dejaron de insistir.

Mientras habla por teléfono, Mónica se estira. Con ambas manos sostiene el pie izquierdo y lo va subiendo por encima de sus hombros. Su vagina se vuelve una grieta seca. Se sienta en forma de ele, de jota, de uve. Al mismo tiempo, sus brazos forman otras letras muy distintas. Le va dando fumadas al cigarro. Hay en su apostura mucho de reina egipcia. Se despide tres veces de su madre. Al hablar con ella simula un tono de voz aún más idiota que cuando se quiere hacer la graciosa, gringa o emplea superlativos. Luis regresa al lecho.

—Tienes mamitis.

—Ay, no. Hablamos realmente poco. Te digo que me está marque y marque porque le sale en centavos de dólar cada llamada.

—¿Qué quería mi suegrita?

—De hecho estuvo raro. Me dijo que se le había perdido el auto. Que no lo encuentra.

—Tiene memoria de teflón —afirma Luis.

Mónica mete sus dedos apestosos a cigarro en la boca de Luis Pastrana. Con la otra mano ensaya a base de roces un nuevo conato de esplendor. Experimenta con velocidades bruscas que, a grandes rasgos, llenen de sangre aquel cuerpo cavernoso tan a la mano. Él gime de acuerdo con el guión, quedito, aletargado. Decide no buscar con sus manos la afinidad de la otra, sólo sentir. Sacude la cintura, hallándose inexacto, como cuando te pones el guante en la mano que no es. Realmente no hay nadie en el mundo que lo masturbe a uno con la maña propia. Suena de nuevo el teléfono. Mónica toma el celular pero no apacigua la campaña, por el contrario, en fast forward estimula al hombre.

—Anoche no te viniste, ¿estás bien? —dice antes de accionar el teléfono—. Mamá. Hola de nuevo. Qué onda.

Por un instante en aquella habitación sólo existe una mano que, al subir y bajar, vuelve al mundo completo, íntegro, saciado. Luis se muerde un labio. El tatuaje de ovni flota en un tramo de carne encrespada, piel chinita de poros expuestos punto por punto. ¡Bang, se lee en la cacha del arma, así: sin el signo de interrogación que cierra.

—No sé dónde está el coche, Peque. No lo encuentro. Ya caminé como treinta cuadras. ¿Dónde se metió? Ven.

—Como voy a ir si estoy en Alaska. Llámale a Michael, ¿ya regresó de Europa? Yo ando trabajando en un videoclip musical ya te dije.

Cada espacio sin letras en el diálogo anterior es un tembloroso espasmo. Luis Pastrana goza, indefenso ante la inminente aparición de una lengua con cilindro de metal entrando al quite apenas cuelgue el maldito teléfono. Él se sacude, está disfrutando así que decide ignorar la mentira. ¿No se supone que había venido a filmar un documental de metaleros extraviados en el bosque?

—Peque…

—Te marco en un rato, pérame.

Verifica que en efecto ya colgó y abre las piernas, colocándose encima de Luis. No habrá mamada. Entra, sube y baja. Un lápiz que se deforma volviéndose chicloso. Mónica mira un calzón de Bob Esponja en el picaporte de la puerta, colgando risueño. No suena de nuevo el teléfono. Tan sólo vibra. Vibra como un animal sobre el que han pasado todos los vehículos que integran una hora pico.

—Si le respondes me largo, no chingues —alcanza a exclamar Luis, estirando el cuello. Sendas manos sosteniendo cada una un glúteo, atento al vaivén de dos senos pequeños como piquete de mosquito.

Pero ella responde. Es una afrenta. O quizá el necio mundo de las madres del siglo pasado rasguñando una última oportunidad.

—Peque. No sé dónde está el coche. No lo encuentro.

Luis de plano se detiene y aparta. Sentado al borde de la cama le indica a Mónica que atienda su llamada. Sigue sin poder eyacular. Observa su pene dolorosamente erecto. Realmente necesita ir al cine al rato.

—Mamá, ¿estás segura de que viajaste en auto hoy? ¿No estará en el mecánico o algo?

—Ya caminé como treinta cuadras. ¿Dónde se metió? Ven.

—Chale, me estás asustando.

Y la madre cuelga. Mónica sabía que eso sucedería tarde o temprano. El doctor lo predijo. Demencia senil. Su madre como un potente atajo al olvido. Acontece el alivio del mentiroso. Todas las mentiras que Alma Delia ha dicho desaparecen de súbito. También sus consecuencias. Puede empezar de cero. Empezar a mentir de cero, obviamente. Piensa en su hermana Alma. Que no lo es. Nunca lo fue. Toma una decisión. Luis se viste molesto, pero Mónica se aferra a él, tomándole la cintura por asalto. Luego, la frágil diosa egipcia mata dos pájaros de un tiro:

—No te vayas, mamarracho —le dice—. Los piscis no creemos en el horóscopo. Además necesito tu semen.

Y al mismo tiempo que la nave nodriza desaparece entre las nubes, el amor acontece.

Sobra decir que Mónica no es piscis, es leo.

Luis Pastrana nació en una tierra despiadada en la que, por una necia maldición, a veces es de día y otras de noche. Bueno, según sus cálculos ya debería de ser de noche. En cambio, el sol ronca a lo lejos; flota encima de su reflejo en el agua. Ambos, sol y reflejo, tiemblan dubitativamente, como cuando la regadera sólo arroja agua helada y no nos atrevemos a dar el primer paso. Las nubes parecen confundidas en el firmamento; iban a otro lado y se extraviaron. Hay quien encuentra la paz interior poniendo fotografías de paisajes de estas características en el fondo de pantalla de sus computadoras. Luis siempre ha sentido que su ojo de capitalino está desacostumbrado a panoramas tan abiertos, los siente oblicuos, vistos por una mosca. Además mal encuadrados, incluso falsos.

Esta vez la ciudad de Kodiak está llena de gente. Son los extras que curiosamente actúan como tales caminando al fondo de las calles o departiendo gozosamente en las demás mesas, paseando de la mano o besándose en los rincones. Andan muy jariosos. Luis y Mónica pasaron todo el día juntos. Juntos y haciendo lo mismo que llevan haciendo los últimos cuatro o cinco días. Básicamente nada. ¿O cuánto tiempo llevan ahí? Todo es difuso. La producción sigue detenida. Nadie sabe qué onda con Biuti Full. El hombre está desaparecido. No es raro en él, hace unos años se ausentó dos semanas de sus compromisos profesionales pero fue figurando en las fotos que subían a internet cada uno de los integrantes de los Xolos en un periodo vacacional sin torneo, enfiestando a lo bestia.

Luis y Mónica se sientan en un tramo de césped con vistas al golfo de Alaska, agua sumisa con la piel chinita, olas tan chaparras como entumecidas. El frío ahí es un estilo de vida, no es molesto ni provoca, vaya, frío. Sólo está presente. No enferma ni eriza. A unos pasos de donde ellos están hay otra pareja recostada sobre los restos de un improvisado picnic. Extras. Hombre y mujer, ambos pelirrojos y jovencitos.

—¿Estás bien? —pregunta Luis. Una de sus muchas muletillas en contra de los silencios incómodos de pareja.

—Sí, pero no —responde Mónica Delia después de pensarlo mucho.

—¿Por qué me dijiste que venías a Alaska a fotografiar un documental?

—¿Eso dije? No, no. Estoy aquí con la agencia de publicidad de Pepsi. Vamos a filmar un concierto del reguetonero Biuti Full, ¿lo ubicas? Yo soy el creativo —dice ella, muy segura de sí.

—No me digas. ¿Y cómo se llama la agencia?

—No sé de qué me hablas, mamacito. ¿Tú qué tal vas con la novela?

—No he escrito más de lo que leíste en el avión.

—¿Y por qué me dijiste que venías a Alaska a escribir un libro? ¿Eh?, choro. Las mentiras hacen llorar al niño dios.

—Así somos los piscis —responde él, más bien dejándose llevar—, aunque ya sé cómo va a terminar mi libro.

—Eres un orgullo para tu especie.

—Y eso que no me has visto comer frijoles ni tirar penaltis.

—¿Cómo termina tu libro?

—¿Ves que trata del revoltijo de rostros y partes del cuerpo? Bueno, pues al final el personaje principal, cuyo gesto no ha sido modificado, toma entre sus dedos la nariz de la hermosa chica hecha de cien hermosas chicas y, metiendo la punta del pulgar en el espacio entre índice y cordial, le dice: "Tengo tu nariz".

Los dos pelirrojos están recostados, muy cerca uno del otro y besándose cada vez con mayor fruición. Sus manos debajo de la ropa palpan sin paciencia. Se asoma un pezón sólo para volver a arroparse. Por lo pajizo de sus cabellos parece que acabarán provocando una fogata.

—¿Te parece que soy bonita?

—No.

—Estoy de acuerdo —responde ella. —Cuando estaba chica dibujaba puntos negros en el espejo para ver cómo sería mi cara con lunares. O me hacía la nariz más chica. Barbilla partida. Cosas así. Oye… pero en noviembre ya voy a estar hermosa.

—¿Noviembre? A ver si llego, ¿eh?

—Me van a realizar una operación estética en la cara, empezando con la nariz. Luego la barbilla. Los pómulos. Es una reconstrucción total.

—Afortunadamente no hablas en serio.

—Sí. Mi madre me dio a elegir: operación o viaje. Ya está pagado. Voy a ir con un cirujano que ha arreglado a banda famosa.

—¿De verdad? ¿Supiste si mi suegrita encontró su auto?

—No le digas así. Ya quiero que sea noviembre.

—¿Y los tatuajes no te los vas a quitar en tu operación esa? —le pregunta Luis, malhumorado—. Ya de una vez…

—Pues, no es mala idea. No lo había pensado, majadero. Deja a mis tatuajes en paz.

—¿Es en serio lo de la operación? ¿Estás jugando, verdad?

—Es ciertísimo. Toda mi vida he querido ser distinta. Ser otra. Así como en tu novela que no estás escribiendo porque eres puro choro. Me mientes para llevarme a la cama. No hace falta, chavo.

Se escuchan gemidos. Los dos jóvenes ya están cogiendo.

—Oh, vaya —dice Luis—. ¿Qué le ponen al espagueti en este lugar? ¿Soy yo o hay un extraño clima de promiscuidad en toda la isla? Los extras que trajimos parecen extras de cine porno.

—¿No sabes? ¿Sí sabes?

—Cuéntame.

—Pero antes te advierto: no te me vayas a azotar.

—Tus ojos son dos imperios en ruinas…

—¡Ya, sangrón! Me caes bien y la pasamos padre; eres tierno y te ves más chico de la edad que tienes, pero de verdad ya necesito que te vengas adentro de mí.

—Caramba —dice Luis, si hubiera tenido un buche de agua en la boca la hubiera escupido histriónicamente.

—El gobierno de Alaska te mantiene si te quedas a vivir aquí. Quiere poblar sus ciudades. Imagínate, ésta es de las más habitadas. Sólo hay una condición. Que estés embarazada. Te dan un dineral. Todo mundo en el hotel está cogiendo como degenerado. Se oyen los gemidos desde la calle. Lo que pasa es que tú estás en Luisilandia y no te enteras.

—Eso explica la deserción. Al menos cincuenta extras están desaparecidos y otro tanto no se está presentando a los ensayos del perreo —piensa él en voz alta y observa a los pelirrojos sumando en desenfadada e irónica posición de perrito. Desde donde Luis está sentado se notan sus ojos vacíos, huecos ojos de empeñado placer, extras en el Teatro del Mundo.

—La mayoría son adolescentes sin nada por qué regresar a México. Somos extras, güey. Lo más bajo de lo bajo.

—¿Somos?

—Muchos tienen dinero para vivir aquí tres meses. Tiempo suficiente para quedar embarazado si ahorita le echan ganas. Bebé en la panza y a ganar US dollars fregón. Es mejor que cruzarse la frontera para trabajar de albañil, plomero o mesera de un IHOP. Además se está a gusto esta ciudad. Es tranquila. Pensábamos que veníamos a una pesadilla de nieve y yetis y pingüinos reguetoneros. Pero nel.

—¿Te quedarías a hacer vida aquí?

—Por eso te elegí, babas, porque sé que tú no quieres permanecer acá. Seguro extrañas tus garnachas, los limones verdes y el suadero. Se te ve en los ojos. Echas de menos a los que en los altos piden monedas a cambio de escupir fuego. Tú te vas, yo educo a un hijo así guapetón y con tus tics nerviosos y de paso cobro una lanota. Hasta te mando un porcentaje si quieres, me imagino que la literatura no deja suficiente.

—Estoy asombrado.

—Todo chido. ¿Hay antecedentes de cáncer en tu familia?

—¿De verdad te vas a operar la cara?

—Necesito que empieces a echármelos adentro a la de ya —y truena los dedos.

—Te transformaste en una camionera con mucha facilidad.

—Es la ley de la vida, Luis. No hay de otra.

Luis observa a la pareja de pelirrojos: hasta parecen hermanos. Terminan y se apartan. En efecto. Extraña la Ciudad de México.

—En efecto, extraño la Ciudad de México. Esta isla es como Cuernavaca pero sin narcos ni toque de queda ni gomichelas ni sopes ricos y con un frío mediocre y un sol flojo que parece una rodilla y ¡todo de la verga!

—Tranquilo, novelista. Cuerna ni siquiera está en el DF ¿Cuál es la capital de Luisilandia, a ver?

—Ni idea.

—Luisilandia, Luisilandia —responde ella, sonriente.

El frío poco frío de Alaska.

Arbolitos miniatura para adornar maquetas.

Autos abandonados conscientes de que no están abandonados.

Extras que darán a luz más extras.

La felicidad de los perros del terremoto.

Mateo, Marcos...

—¿Sabes? Yo tuve un hijo. La madre no me avisó que estaba embarazada. El niño murió a los cuatro años, con mis tics nerviosos, ajá, ¿has notado que me muerdo por dentro los cachetes? Ahora mismo está en una tumba y yo no sé dónde está esa tumba. Me enteré apenas. Siento que algo adentro de mí se murió para siempre. Siento que dios se burla de mí todo el tiempo. Ahí en ese paisaje, en los mentados árboles. Actúo como si no me importara, pero por dentro lloro sangre. No te puedo ayudar en lo que quieres.

—Checa. Yo una vez tuve gemelos y se me murieron también. No le avisé al padre sino hasta cuatro años, ¡no!, siete años después...

Luis Pastrana se pone de pie. Se aleja sin mirar atrás. Y él que estaba esperando a que no hubiera cámaras ni testigos cerca para pedirle matrimonio. Mónica le grita su nombre. Le dice que la espere. Corre y lo alcanza. Se cuelga entera de uno de sus brazos.

—No te enojes, Luis. Ándale, enséñame a dónde está la mirilla esa de la que tanto hablas. ¿Qué dices que se ve? ¿Un bonsái?

Luis se frena. Observa a Mónica a los ojos. La besa en la frente. Es una niña. Siente la mano de ella acariciándole los huevos por encima del pantalón. Pinche Luciana, piensa y a ella, tres horas antes, en el pasado, le vibran los oídos mientras repasa fotos de su hijo muerto vestido de calavera en Halloween.

—A ver, pues, dime cómo quieres que se llame nuestro hijo imaginario.

La pieza está llena de pingüinos dispuestos alrededor de la cama. Apagados, aunque idealmente mueven los ojos y la cabeza horizontalmente, además de las aletas hacia arriba y hacia abajo, sincronizados como un público exaltado de aves marinas robot. No parecen complejos maniquíes pero están llenos de ranuras antinaturales a la vista y una mirada a detalle descubre también tornillos y el pelaje pintado a las carreras. Ni siquiera están muertos. Están programados para tener una mirada muerta. Luis piensa que ese tipo de cosas son las que acabarán provocando la rabia de las especies animales algún día. Los hay de tres tamaños. Algunos traen gafas oscuras o gorras de Pepsi con la visera hacia atrás. Mónica está de pie entre la parvada. Baila vestida únicamente con sus dos tatuajes y los pedazos de unicel que se le han pegado al cuerpo cada que Luis Pastrana saca a uno de los animatronics de su caja. Vuelan por la habitación, como una nevada falsa, estos copos artificiales con forma de Cheetos o dientes u orugas. La televisión está encendida en un canal de canciones noventeras. Las de cajón, que siempre emocionan. Mónica mueve lindo su cuerpo y ondea rabiosa el calzón de Bob Esponja como si fuera la bandera rara de un ejército sin sentido. Usa como asta la desproporcionada Llave de la Ciudad de Kodiak. Del maquillaje de emperatriz no queda mucho. Ahora más bien parece que la acaba de dejar un novio al que amó. Hay encima del frigobar diez tequilas con refresco preparados con antelación. Luis trata de accionar a uno de los pingüinos: el que será Nobel de Literatura. Lo tiene entre las piernas encima de la cama, ya lo desarmó y nomás no encuentra el botón. Ella se acerca y le da un beso en la nuca. Luego otro en la espalda. Luego sigue bailando aun en los comerciales. Él también está desnudo: se colgó del cuello un letrero que dice: "No soy cenicero ni bote de basura, ¡cuídame!" Le gustaría platicarle a Mónica acerca de algo que no deja de darle vueltas en la cabeza.

—Sabías —iniciaría contándole con paciencia— que de vez en cuando entre los grupos de pingüinos hay machos neuróticos a los que se les va el pedo y sencillamente abandonan el grupo para irse caminando lejos. Hasta morir. Mueren de tanto caminar. O más bien de tanto huir. Me los imagino con las patitas ensangrentadas. Lo vi en una película. Quizá no les pasa sólo a los machos. Pero bueno. Ya tiene más de diez años que vi ese filme.

Eso es lo que le gustaría decirle a Mónica. Inventaría la mitad de la información. En tierra de ciegos, piensa, sin concluir el refrán. Pingüinos que huyen del monótono y normal comportamiento de su especie. No hay una metáfora oculta en ello. Sólo es algo en lo que está pensando y que desearía puntualizar con la otra. Pero, ¿para qué?

—Si lo piensas, son pingüinos suicidas —recalcaría él—. Lo traen en la sangre. Por cada siete mil pingüinos, uno nace neurótico. Uno entre todos. No es una cifra exacta.

—Yo he tratado de quitarme la vida unas cinco veces —agregaría ella, seria, bajando la voz.

—¿Cinco? Qué poquitas.

—Bueno. Una vez hice el amor en una de las máquinas esas donde los pollos rostizados dan vueltas.

—Aquí viene lo curioso. Los esquimales, cuando se encabronan, tienen la costumbre de aliviarse caminando en línea recta hasta sacar la emoción de su sistema. Una vez que pasa el enojo, dejan una marca en el suelo como testimonio de la longitud y el poderío de su rabia. Me gusta imaginar que los esquimales sí tienen una palabra para referirse al padre que perdió a su hijo.

—Una vez me cogí a un esquimal —respondería ella.

Si acaso decidieran charlar.

Civilizaciones enteras fueron fundadas así: con dos amantes dándose el avión. Luis abandona al pingüino diseccionado y se pone de pie. Le devuelve el beso en el cuello abrazándola por detrás. Juegan a que sus puños son micrófonos durante *Eclipse total del amor*, rodeados de falsos pingüinos y pedacitos de unicel que el ventilador alza sobre sus cabezas, arremolinándolos. No saben con certeza lo que dice la canción, sólo gritan palabras en inglés al azar. Sumamente saciados. Llenos de vida.

Mónica duerme en el cuarto de Luis Pastrana. Luce inocente y él realmente espera que esté soñando cosas formidables. Una vez más no se corrió, sólo que le gusta creer que esta ocasión fue por voluntad propia y no por una brujería de la que es víctima: retuvo el esperma pensando en otras cosas. Ahora mismo está desnudo detrás de la ventana. Siente su genital endurecido por los líquidos secos de ella. Siente como si hubiera desperdiciado toda su vida cogiendo. Observa el otro hotel ahí enfrente, mustio y en reposo. Casi todas las luces están apagadas. Detrás de esas cortinas se hizo el amor a lo largo del día. Realmente eso sucede con todas las ventanas del mundo. La orgía de los extras es un bello modelo a escala de la vida de los hombres. Raza de extras. Lo dicho: si organizas una peda de gente que apenas se conoce en un cuarto de motel rentado, en algún momento todos acabarán cogiendo frente a los espejos e incluso hasta intercambiando parejas. Dios es un degenerado. Y su creación es esencialmente muy, muy, muy naca. De qué otra forma se explica uno la existencia de una especie dividida en dos géneros incompletos cuyos centros embonan. Mamíferos fornicando para darle seguimiento a la charcutería del linaje. De esa suma única e irrepetible, que suele ser placentera, se gesta una vida aún más única e irrepetible. ¿Cómo dice Dostoievski al final de *Memorias del subsuelo*? Nacimos sin vida y hace mucho que nuestros padres dan a luz hijos muertos y hasta a eso le hemos encontrado el modo. No es una cita textual. Lo leyó en la prepa. Todo lo importante lo leyó o vio o reflexionó en tiempos ahora poco reinantes. Recuerda cuando, de jovecito, no podía dormir preguntándose cuál era el sentido de la vida. ¿A qué venimos al mundo? A reproducirnos, le respondió el adulto que ahora mismo ya es. La vida de los hombres esconde pocos secretos. Para ser excepcional, si es que se anhela tal cosa, basta con no morir nunca o jamás tener descendencia. Hasta en eso fracasó Luis Pastrana. Ahora sólo ve frente a sí el ocio, el hartazgo y el asco. La oscura antesala a otras antesalas.

Sin embargo, no fui yo quien te engendró, Lucas, fuimos todos. El tiempo no es sino la incapacidad humana de comprender la eternidad. Si no hubieras muerto tan pequeño te hubieran enseñado en clase de Historia lo que es la línea del tiempo y te hubieras dado cuenta de que todos los dinosaurios cabían en un par de centímetros o de párrafos. Todos. Y eso que ellos nos superaron como residentes en el planeta por mucho. De igual manera todos los seres humanos cabrán en un presuroso tramo baldío de infinito. Todos, sangre encharcada corriendo por nuestras venas. La aventura humana es un inmenso moretón más bien chiquito. Todos estamos naciendo y muriendo al mismo tiempo. Tú, yo, Adán, sus hijos, el cuerpo de cántaro de tu madre, los ojos llenos de vida de Mónica Delia que son como un delicado postre, la mujer trofeo de Biuti Full, la barista que atiende el nuevo Starbucks de Buenavista, Ágata con el cabello recogido en una distraída trenza, el ano de la mesera Polly, las piernas de la mesera del restorán mexicano en Kodiak, la rubia del globo aerostático que dijo "no", la nueva chica de cuentas, Máyela con su bata blanca, y la barbilla de Miss Baja California. Y los chamorros de Miss Culiacán. Y la piel color artesanía de Miss Distrito Federal. Y el color de pezones de Miss Durango.

Luis Pastrana arroja su acumulada eyaculación hacía el frío de la noche polar.

En la tardenoche tomarían un vuelo de regreso al hogar.

Un porcentaje enorme de extras habían huido del hotel robándose las colchas y toallas. En algunos casos ya incluso con una pequeña vida imperceptible en el vientre. Todo empezó porque dejaron de poder conectarse a internet, concluyó Luis, viendo a la distancia a Mónica. Buscaba coqueta entre los actores secundarios que quedaban a alguno con una semilla, digamos, más diligente que la suya.

Los del crew de la agencia se despertaron temprano para ir a un tour de avistamiento de osos. Estaban irresponsablemente tristes, quizá porque sabían que el fracaso de la expedición no había sido su culpa. Habían hecho bastante mal su trabajo que, ironía aparte, consistía regularmente en no hacer nada. Formaban un grupo peculiar. Un crudo y apestoso Luis Pastrana, la productora Lola Muro, la chica nueva de cuentas y las bailarinas de Biuti Full, que se les habían unido a la travesía hartas del encierro al que ellas mismas se sometieron todos esos días de aventura alaskeña. Inexplicablemente iban ataviadas con los vestidos minúsculos que usarían durante el concierto que no ocurrió. Quizá se quedaron sin prendas limpias, pensaron todos sin mencionarlo en voz alta. No hacía frío. Viajar con cinco mujeres semidesnudas y operadas iba a ser incómodo hasta para los osos. Por suerte no se apareció ninguno. ¿Ningún oso en todo el viaje de dos horas por una carretera recta y rodeada de paisajes dignos de ser mandados a enmarcar? Ninguno. Un guía en fluido español les explicó que era prácticamente imposible ver osos en las cercanías de la ciudad.

—¿Entonces no hay osos en este viaje de osos? —preguntó Lola.

—Hay más de tres mil osos en todo el archipiélago pero en esta zona, ni uno.

—Es decir que por cada ser humano en la isla hay dos osos —preguntó Luis más bien sin signos de interrogación, afirmando—: uno vivo y uno disecado decorando la sala.

—No seas menso. Es medio oso por persona —lo corrigió la chica de cuentas, moqueando.

—Qué fantasmeo —dijo una de las bailarinas, la más interesada en ver osos.

—Shady, shady —reclamó otra pero quién sabe si ese "shady" era el nombre de una de ellas o si se refería a lo encapotado de aquel tour hechizo.

—Uy, si tuvieran tiempo para tomar el recorrido por avioneta podrían ver a los osos en su hábitat natural y cazando salmones —dijo el guía—. Quién sabe por qué pero a los osos les ha dado por disecar flores.

—¿Disecan flores?

—Oh sí, les fascina. Unos arreglos muy lindos, perfectos para llevar como recuerdo de la isla.

—Qué guasa chocante —agregó otra de las bailarinas. Molesta y chasqueando la boca. Luego se puso a decir groserías en voz baja y las otras le hacían eco.

En la van cabían todos cómodamente. Luis se adecuó al asiento y trató de sobrellevar la cruda respirando lentamente y dándole sorbos a una botella de agua abollada. El guía señalaba aves diciendo cómo se llamaban y cuáles eran sus virtudes. Nadie se emocionaba ante aquellas cuñas que fracturaban el perfecto y aplanado cielo, suave en disparejos azules.

Bajaron a estirar las piernas.

Las chicas se tomaron fotos haciendo señas de pandilleras con las manos y mandando besos a la cámara. O algo así. En algunos tramos lejanos había alfombrillas blancuzcas. Luis advirtió que se apartaría un segundo y fue hasta allá. Lola lo acompañó. No conocían la nieve. La pisaron y acariciaron con sendas sonrisas en el rostro.

—Es como el rechinido del gis en un pizarrón pero agradable —definió Lola.

A Luis Pastrana aquella alegoría le pareció muy exacta. Amó por un segundo a Lola, pero su tiempo en Tierra de Nadie se estaba acabando y estaba más bien asqueado de tanto confundir la búsqueda frenética del cariño con rellenar huecos literal y metafóricamente. Qué oso me doy, pensó irónicamente.

—Oye, por cierto, me escribió Ágata, que no ha podido comunicarse contigo. Al parecer se murió tu gatito. Lo siento.

De nuevo, como grupo, hicieron pausa en un museo lleno de osos disecados cazando peces disecados sobre agua de acrílico. Había ejemplos de sus arreglos de flores, también disecadas. A Luis le gustó el esqueleto incompleto de una ballena suspendido sobre sus cabezas. Había pájaros embalsamados al lado de pájaros vivos, esquemas con los focos fundidos y un baño de damas limpio por desuso. No había enmarcada una foto de Kevin Costner y Luis Pastrana extrañó el detalle. Llegando a México buscaría en pirata la película que vino a filmar hasta acá el pobre actor. Las bailarinas de Biuti Full en sus hot pants fluorescentes y con los chicheros transparentes asidos a una piel barnizada en correoso anaranjado caminaban en silencio, pero con prisa, por cada una de las salas. Se veían muy graciosas al lado del diorama en donde el hombre primigenio cruzaba perplejamente el estrecho de Bering. Ante esta estampa Luis sintió el cansancio de toda una vida sobre los hombros. A pesar de que él juraba ya haber tenido su epifanía debía seguir vivo y ahí. Por no mencionar el ineludible viaje de regreso en avión. Y luego, el lunes, de nuevo subir rumbo a Santa Fe para solucionar con mensajes perfectamente redactados el cagadero en que se había transformado la marca Pepsi esos días. Corría el rumor de que Sergio Promo iba a renunciar a su cargo.

Detrás de él, había una cadena de ADN dibujada en una caja de luz. No la vio. Alaska era la azotea a la que iban a dar tales escaleras de pelotas.

En el camino de regreso a Kodiak comieron en una cabaña. En medio de la carretera y al lado de un bosque ciertamente despeinado. No había más clientes que ellos. La dueña del lugar era una mujer rolliza y Luis, Lola y la chica de cuentas reconocieron en el mesero a uno de los extras que no pasaron la evaluación del perreo intenso. La especialidad de la casa eran las patas de cangrejo. Pidieron una cubeta y Buds Light. Para no tener que dialogar, Luis tomó un periódico enjuto y consumido que estaba en una mesa y lo abrió frente a su nariz enrojecida, excluyéndose del mundo.

—Es una pintura —dijo Lola.

—No. Es un paisaje —le contestó la chica de cuentas.

Luis leyó la noticia de primera plana en la sección Local. Uno de los habitantes más jóvenes de Kodiak se había suicidado hace ya varios días pero apenas en la víspera fue encontrado su cuerpo, colgando del candelabro en la recepción de la casa que rentaba. La nota estaba acompañada de una foto del suicida cuando estaba vivo y el domicilio desde afuera, previamente acordonado. Luis sintió escalofríos al pensar que conocía la verga fláccida de ese jovencito. El reportaje remataba diciendo que la nota hallada en sus bolsillos decía que estaba harto de esa isla aburrida, solitaria y sin nada para hacer y por eso prefería largarse al más allá. Se desconoce el paradero de sus familiares. El joven ahorcado había nacido en Arkansas y era padre de un bebé de cinco meses, estaba desempleado y el gobierno lo mantenía. Tenía cinco años menos que Luis pero cinco años más que Mónica Delia. Ésa sería la última vez que pensaría en ella dentro de mucho tiempo.

—Es una pintura —insistía Lola.

—Que no. Mira cómo se mueven las nubes. Es una ventana.

Luis bajó el periódico y observó un rectángulo al centro del muro principal de la cabaña. Se alcanzaba a ver un saludable árbol inmóvil al centro del mismo, rodeado de nubes imperiosas y en estimulante suspenso. El cielo arriba y un tramo baldío de tierra pelona pero café, abajo.

—No hagan tanto escante —dijo la mujer trofeo de Biuti Full—. Ésa es una pintura; se ve ahí la firma del autor a medio posillo.

—¡Fequera!

No se veía firma alguna. Quizá ella también necesitaba lentes.

—Miro un árbol. Miro un árbol hasta que me da miedo —dijo o pensó Luis Pastrana y se persignó lentamente. A la mitad de "Espíritu Santo" se descubrió a sí mismo en plena acción y más bien soltó una sonora carcajada. Dios no es un degenerado. Era un degenerado, más bien.

—Es una pintura.

—Un paisaje.

La controversia puso a todos de pie mirando aquel rectángulo que carecía de marco, cosa que complicaba aún más determinar si ese paisaje era obra de dios o del hombre. Entraron dos policías. Los seguían tres verijones pálidos y vestidos de negro, panzones, con los cabellos largos y los brazos llenos de tatuajes espantosos.

—Dales algo caliente: los acabamos de encontrar perdidos en el bosque —le indicó el oficial a la dueña del restaurante.

—Es una pintura, guirlas.

—En mi opinión, aunque nadie me ha preguntado, es claramente una pintura —dijo la nueva de cuentas, que de hecho anhelaba encontrarse a sí misma en Alaska. Pensó que quizá podría quedarse a vivir ahí un tiempo e incluso solicitar permisos de pescar y cazar. Llenó los documentos pero nunca los mandó del todo. Ante el lío de los extras, le dio mucha vergüenza concretar su viaje espiritual. Una fea gripa la traía mermada.

—No me estén inyectando, charras, eso es una fotografía pegada en la pared. Hasta se ve el charol de sus frentes grasientas en el reflejo. Guácala.

Luis Pastrana les dijo: "A ver, espérenme" y salió del lugar con la intención de ir hacia el árbol. Tomó un cuchillo de la mesa. Si él aparecía al lado del árbol: era una ventana. Si no, una pintura. Fácil examen. Apenas salió a la intemperie se puso a tararear un jingle de su autoría. La canción de un chicle sabor sandía. Decidió que no tenía prisa y que sería bueno hacérsela de emoción a los de adentro. Tomó el cuchillo y se quitó el saco. Desgarró el forro y salieron brotando los secretos de su vida. Dos plumas bic. La tapa de una pluma bic. Tickets de comida. La envoltura de cierta golosina. Semillas de limón. Volantes que le ofrecieron en la calle doblados hasta transformarse en cuadrados diminutos y abultados, el teléfono de la mesera Polly. Los arrojaría al pie del árbol por el puro placer de contaminar. Sintió que había rejuvenecido un montón de años de golpe.

La falta de una palabra que definiera lo que Luis sentía implicaba un proceso de búsqueda y de creación. Ahí, en Alaska, donde el lenguaje se quedó en silencio.

Adentro todos estaban expectantes, incluso los metaleros recién llegados a quienes les castañeaban los dientes con violencia. Las patas de cangrejo eran ignoradas en la mesa. Las chelas por suerte no se calentarían.

Cuando Alma Delia recibió el primer mail simplemente respondió: "Yo no tengo ninguna mascota y no sé quién eres, freak". Al segundo correo respondió también una cortante línea. Ya después, y porque la necedad de aquel desconocido le provocaba mucha ternura, fue que le contó todo el asunto de que su hermana no era su hermana. ¿Por qué lo hizo? Lo tiene poco claro. Los extensos correos del otro la dejaban inquieta. Ciertamente siempre los sintió como misivas destinadas a alguien que no era ella. ¿A su versión en rubia, quizá?

Fue en bicicleta hacia la dirección que Emiliano Zapata le había mandado. Una mansión ostentosa con filas de perros de piedra en la fachada. La palabra "asesino" escrita enorme con grafiti rojo en la entrada. Alma Delia iba, digámoslo, nerviosa y un tanto enamorada. Tal cual lo imaginó, había gente acampando enfrente del domicilio. Las pancartas permanecían amarradas a los árboles pero la mayoría de los animalistas ya se habían retirado. Quedaban, cada una con su sleeping, varias mujeres que actuaban como una especie de club oficial de fans, chicas enamoradas de aquel hombre que ni siquiera se asomó por la ventana una sola ocasión. Alma habló con un par de ellas. Ciertamente le dolió enterarse de que no era la única a quien Emiliano escribía largos correos íntimos. Se dio cuenta de que a alguna le escribió relatándole con más detalle su infancia en Tepito. A otra le escribió sobre lo que iba soñando cada noche. A una más, Emiliano le habló de su vejez y la constante lucha contra un cáncer de boca. Eran cerca de treinta chavitas. Guapas, lo que sea de cada quien.

En lo que coincidían todas era en que inicialmente las había amenazado con que mataría a sus mascotas. Alma regresó a casa, pedaleando rápido. Triste y abatida. Esa ocasión nadie le gritó piropos.

Pasó el tiempo. Mónica no regresó de Alaska. Mamá, de un día para otro, se volvió un ser sin recuerdos. Pero la mesada seguía llegando.

Alma Delia estaba fumando mota cuando en la televisión la periodista urbana Cristal Rivera recibió en su programa al escritor Filiberto Casitas, autor de la peculiar novela *Charco de tres lluvias*. De inmediato, Alma se sintió como un diurex muy usado. El caso había sido muy sonado recientemente. Aquel hombre había escrito una novela fragmentada en cientos de correos electrónicos enviados a mujeres con el seudónimo improbable de Emiliano Zapata. A lo largo de esta correspondencia, no siempre merecedora de réplicas, el autor iba desarrollando la vida y carácter de un personaje de ficción, un hombre sórdido y violento que agredía animales cínicamente. En vez de picar save, apretaba send. Harto del mafioso panorama editorial del país, Filiberto Casitas ideó una forma de llamar la atención saltándose dictámenes, palancas, premios y vaivenes. Consiguió empleo en una tienda de mascotas y se grabó a sí mismo torturando animales. Esto llamó la atención del grupo de terroristas electrónicos Annonymous, quienes hicieron público su domicilio y los cínicos mails enviados por tal monstruo a las mujeres de una base de datos que compró ilegalmente. Esos textos fueron publicados escandalosamente en periódicos y páginas de internet. Eran cientos de páginas. No tardó algún editor en darse cuenta de que tenían forma de capítulos, se interconectaban narrando una historia más bien literaria y la prosa estaba sospechosamente esmerilada. Filiberto se destapó en un tuit exitosísimo que compartieron Horacio Miranda, Severo Magaña y hasta el perro difunto, Roncha. Lo demás es fácil de deducir. El libro ha sido un polémico éxito de ventas y ya se habla de una película hollywoodense basada en lo ocurrido. Además de que la dichosa *Antología del maltrato animal* tiene al menos dos editoriales grandes interesadas en su aparición.

—¿No sientes remordimientos por haber maltratado animales para alcanzar la fama literaria? —le pregunta la bella Cristal Rivera con su acostumbrada dicción, pésima.

—Ya sabes lo que dicen acerca de hacer un omelete —responde él, su voz es tal cual Alma Delia la imaginaba. Lo de la sinusitis sí era autorreferencial.

Bah. Pone el televisor en mute y llora invisible. Sigue llorando invisible.

Se insistió en que Biuti Full necesitaba lentes. Una moto lo atropelló mientras caminaba por las calles de Anchorage buscando los veinte diferentes tipos de color blanco que, según él, son capaces de ver los esquimales. Podría decirse que halló cerca de ocho. Perdió la cuenta. Tampoco vio a un solo esquimal. Ahora mismo está grave en el hospital. Lleva un par de días entre inconsciente y anestesiado. Respirar es un suplicio; le duelen partes del cuerpo como si ya no las tuviera y las máquinas a su alrededor hacen una música repetitiva aún más boba que la del mentado dembow. No sabe si la doctora que lo atiende es linda o fea, sólo ve una mancha color carne y enormes pelusas de un ojo moviéndose alrededor suyo. Pelusas color blanco galeno. De repente un flashazo de cámara fotográfica a lo lejos. Ni una voz familiar. Todos hablan en un inglés lleno de palabras que desconoce. Un idioma con férulas pero sin rebabas. La boca, entubada, le sabe a moneda pasada por muchas manos. Cierra los ojos y se da cuenta de que sólo así puede pensar. Por corto tiempo y antes de quedarse dormido. Está preocupado porque no sabe si a su tumba le pondrán Biuti Full o su nombre verdadero. De repente se siente idiota. Como si toda su vida hubiera llevado en el mote una humillante falta de ortografía. Obviamente no lo cavila usando esas palabras. Y eso que no ha recordado el tierno error ortográfico que trae tatuado perpetuamente en el brazo. Marjarita. Bueno. Así pasa con sus colegas. Si Kapitán Daddy dice que "capitán" va con ka, qué se le puede hacer. Biuti Full anda muy sensible al respecto de todo lo que tenga que ver con traducir al mundo en palabras, esto porque los últimos tres días estuvo encerrado escribiendo tangos. Sí, señor. Tres días hacinado y componiendo dolorosas letras de abandono y traición. Sin estupefacientes ni putongas ni pisto. En un humilde cuarto de hotel al lado de una escuela primaria de niñitos de Alaska. Todos excedidos de suéteres tratando de jugar a algo en el recreo, cagados de frío. Los observaba desde una ventana oblonga. Bueno. No los observaba más de lo que observó la motocicleta que lo machucó. Más bien escuchaba su alegre murmullo americano. Ahí estaba conmovido viendo a los chamacos cuando se le apareció Carlitos Gardel y le preguntó:

—¿Tú cuál pibe eras, che? ¿Con cuál te identificás?

Apretó los ojos. Encontró a un chiquito que estaba recargado en una pared de ladrillos abrazándose a sí mismo de espaldas, de manera que parecía que estaba besuqueándose con alguna compañerita. Pero no, eran sus manos aferrándose a la ropa, subiendo y bajando cachondamente entre la espalda y los hombros, despeinándose el cabello de la mollera. La visión era tan clara y definida que quizá más bien era un vívido recuerdo.

—Ése —dijo—. Antes, cuando tenía piojos, yo era ése.

Pero el fantasma ya se había desleído y sólo quedaban unas irremediables ganas de tirar todo a la basura, de tener una nueva oportunidad y jamás de los jamases haber prorrumpido rola alguna de insulso reguetón en un escenario. Así que se puso a escribir tangos. El descomunal y luminoso blanco activo en la pantalla de su tablet le parecía un monstruo imbatible. Pero él no se acobardó. Se puso a escuchar tangos. Uno tras otro. Había muchísimos, tantos como estrellas posee la noche. Pensó, aunque con otras palabras, que tanto tangos como estrellas tienen que estar organizados por constelaciones. Y escuchó a Gardel hasta las lágrimas. Se le vio, sin que lo reconocieran, caminando extasiado por las calles de la capital de Alaska, siempre con los audífonos en las orejas. *De chiquilín te miraba de fuera.* Nevaba espaciado y prieto. A él más que nieve le parecía que alrededor de la ciudad estaban quemando enormes pilas de periódico. *O acaso aquel romance que sólo nombra cuando se pone triste por el alcohol.* Iba alegre. Los ataques de ansiedad que le daban en México habían disminuido. Se sentía mejor, seguro de sí mismo. *Toda la amargura, para qué vivir.* A la mitad de uno de sus rondines se topó una tattoo parlor. Debajo del Gato Félix se hizo un bandoneón abierto en clímax. El personaje lo sostenía con sus garritas. Quiso tener a quién enseñárselo. No le cabía en la cara la sonrisa. Normalmente después de cada rayón nuevo andaba alelado un par de horas. La mezcla del dolor y éxtasis de la aguja rayándole la piel lo apendejaba siempre como si fuera la primera vez. Se sentía un LP al que acariciaba una entrenada saeta. *Como juega el gato maula con el mísero ratón.* Aquellas letras tenían su propio idioma. Como el reguetón. Vio videos de gente bailando tango. La antítesis del perreo pero, al mismo tiempo, también una simulación primorosa del coito. Música para coger. Como el reguetón, pensó de nuevo. En su cabeza esto hacía mucho sentido. Quiso tener sexo con alguien. Imaginaba que su corazón era un fruto que mudaba de cáscara. ¡Una lechuga! Aunque no está seguro de que la lechuga sea una fruta o no. *Verás que todo es mentira. Verás que nada es amor.*

En casa, es decir en el cuartucho de hotel, retomaba su escritura. Le tomaba horas enteras concentrarse en una línea. Las tres, cuatro y cinco de la madrugada lo sorprendían escribiendo. O recostado en una cama de resortes indudables pensando en lo que debía de escribir. Frustrado, eliminó la mayoría de lo conseguido. Tecleaba y borraba. Era doloroso porque cada frase que eliminaba de atrás para adelante lo representaba a él. Era como tacharse a sí mismo. Le rezó a un dios desconocido suplicándole claridad poética. Sintió en las manos el temblor del suicida al redactar su carta de despedida. Se dio cuenta de que las palabras están en constante guerra. Se odian. Y es el trabajo del autor reconciliarlas, reunirlas en pelotones afines y juntarlas como imanes que suman viablemente.

El "pebeta" del tango encapsulaba al menos diez palabras del reguetón: corbeta, puta, parga, ingra, geisha, girla, chocha, buduska, mai, mamita, gata, yales, sata y palga. Tra, tra, tra, le daba Biuti Full al teclado. Iba y trataba de despabilarse en las calles pero a unas cuantas cuadras decidía que necesitaba de su encierro. Leyó todas las letras de un diccionario de lunfardo en línea. Se escribía las palabras que más lo atraían en los brazos, separadas en sílabas por puro instinto.

Bacán: hombre a fueguillo, guillao, jíbaro, bostel, fronteador, cangri, maleante, sopla pote, rebulero, socio y sicario.

Y escuchó tangos y más tangos y más tangos. También vio películas de tango. Aquellos filmes le parecieron estructuralmente muy parecidos a la pornografía. Primero una mamada, luego una penetración en tal postura, luego otra posición, luego perrito, luego ano y a final él le mequea el rostro. En el cine de tango era: hombre baila con mujer, mujer baila con otro hombre, mujer baila con los dos hombres, mujer baila con mujer, hombre baila con hombre. Sospechó que el secreto está en que los bailarines rara vez se tocan. Sus sexos se menean como toreándose. Y sin embargo con una indicación secreta, presionándole la espalda con la mano, él le va marcando a ella el paso que sigue. Es una comunicación incluso espiritual, de gatos. Pensó que regresando a su país tomaría clases particulares. Se imaginó con zapatos recién boleados de charol y un sombrero con pluma. Un bigote recortado por expertos. No cangri: ¡macro!

Fue al baño y presionó su dedo índice en el reflejo de su dedo índice. Exacto. Ahí tampoco se tocaban ambas huellas digitales. En ese mágico par de milímetros entre realidad y espejo descubrió otro género del color blanco. ¡Descubrir eso era a lo que vino al mundo! La imposibilidad de una traducción, ese irreal espacio de nada, la utopía en el sentido más literal de la palabra. Su precaria búsqueda musical previa se bañaría en las glorias tangueras.

Silencio en la noche. Vio tutoriales japoneses, alemanes y argentinos para aprender a tocar el bandoneón y el instrumento le pareció obra de satanases. La disposición de las notas en cada extremo de aquel pulmón musical carecía de sentido. Leyó sobre la ceremonia en la que se escribía el nombre del dueño del bandoneón en el interior del instrumento e imaginó su nombre oculto en las paredes íntimas de uno. ¿Pero cuál era ese nombre?

No todo fue furor creativo. Lo atosigaron gachos insomnios, sudor de fiebre, alucinaciones a propósito de la quietud que lo rodeaba. Sus ojos estaban todo el tiempo incandescentes, como las frituras de harina a las que prendes fuego y no se combustionan. Él no lo sabía pero se estaba desintoxicando. Le daba miedo hacer cosas que cualquier ser humano promedio podría atender sin inconvenientes. Por ejemplo, que las agujetas se le desajustaran. Pocas tareas se le antojaban más difíciles que concretar un nudo. O peor aún, que alguien en la calle se lo hiciera saber. Le daba miedo que un desconocido le dijera: "Oye, man, tus cordones están sueltos". El hecho de que hubiera seres humanos capaces de asumirlo parte del mundo lo aterraba. No apagó el teléfono ni dejó que se descargara. Cada llamada que recibía, la mayoría de su representante, era un ancla que lo ceñía al mundo real. Pero en responder una llamada y tener que sostener un diálogo con alguien sólo advertía la más dura de las cuestas en pendiente. Veía en la tele a los actores de las películas y deseaba jamás tener que ser ellos. Pensar en la posibilidad de ser Batman o una modelo que vende fajas lo asfixiaba. Se mordía el dedo. Tener que ser el que da las noticias, el cura que habla de dios a sus feligreses, el que levanta unas pesas. Estar vivo era una maldición, una *curda* angustiante.

Observando el recreo de los niños a través de la ventana oblonga se dio cuenta de lo lejos que estaba de casa. No había dormido más de cinco horas en tres días y las ansias se traducían en dolor de cuello y miedo. Fue por algo de comer. Tenía antojo de algo impreciso. Hambre, a final de cuentas. Había un hecho rotundo del que no había huido pero en ese instante se le presentaba doloroso y triste. Estaba en Alaska porque la gente lo había querido desterrar. Su presencia ahí respondía al rechazo y la chacota de la gente. Mándenlo al sitio más apartado del mundo, lejos de nosotros. Cada paso la nieve se volvía más pesada. Un paño níveo, similar al que rodea a la pantalla en las caricaturas cuando alguien está recordando el pasado, cubrió sus ojos. El sufrimiento de toda una vida traducido en un perfecto fulgor blanco. Una moto salió de la nada.

Las enfermeras se alarman. Los flashazos fotográficos a la distancia se han multiplicado. Son cientos. No quiere morir. No quiere morir. Pero si así fuera, sus últimos días fueron los más bananas. Esto lo piensa exactamente con esas palabras. Sabe que a su funeral asistirán idiotas con nombres como Pizza Jr., Yanky Papaloi, Bravo Jam, Della Forza Toño o Don Máximo Korleone. Ya no importa. Tararea el que velozmente se transformó en su tango favorito. Estar atrapado en una cama y no poder sacarse el cacho de una canción de la cabeza es como delimitar las dimensiones de una jaula. *Desde mi triste soledad veré caer las hojas muertas de mi juventud,* canta una y otra vez sin voz. Se ve a sí mismo de niño, de espaldas y recargado en un muro, besando y manoseando a la nada. Al fondo, aun detrás de los rumores de instrucciones médicas, se escucha un bandoneón ronco y, ajá, gris. El color gris siendo suma de todos los blancos, el mar transformándose en un gigantesco pozole. Biuti Full siente que es hora de tomar el tren de medianoche rumbo a Ciudad Tumba.

A la mañana siguiente el representante de Biuti Full aterriza en Anchorage, desvelado y de malas. Le comentan que fue una noche pesada pero ya está más estable su... ¿amigo?, ¿pariente? "Mi cliente", responde él. El clima ha empeorado.

Nieva con rencor. Pasan dos días y Biuti Full le musita al oído que vaya al hotel donde estuvo residiendo por su computadora y pertenencias. El hombre hace lo propio. Le explica al encargado en la recepción, paga lo que se debe y sube a la habitación. Cuartucho mal ventilado sin ventanas, cuatro muros en diferentes tonos de blanco, sin decoración, ni siquiera un espejo en el meadero. La cama colocada estúpidamente al centro. Al representante no le queda ninguna duda de que ése es uno de los rincones a donde sencillamente se acaba el mundo. Es incapaz de imaginarse a su cliente pasando más de diez minutos en ese encierro. Encuentra la computadora de Biuti Full aún encendida: brilla arrojando un bloque de luz perversa e irreal sobre una pared. Como cuando en el planetario los astros a escala proyectan sombras en el suelo. Lee lo que está escrito en el ordenador:

Pebeta, pebeta, ¿quieres que te la meta?

Milonga, mi longa, mi longa niza.

Esas líneas ejemplifican el espíritu total de la obra, acaso póstuma, acaso experimental, de su cliente. El representante imagina una voz agraciada, solemne y a capella en la menor abriéndose paso cada vez más fuerte. Aparece un bramido de violines en llamas y luego un punchis punchis frenético y depresivo con una melodía de bandoneón en loop. Y encima, su Deliciosa Magnificencia Soberana El Rey Biuti Full Capuleto Balboa, rapeando.

La felicidad de los perros del terremoto de Gabriel Rodríguez Liceaga
se terminó de imprimir en enero de 2020
en los talleres de
Impresora Tauro, S.A. de C.V.
Av. Año de Juárez 343, col. Granjas San Antonio,
Ciudad de México